本色文丛·柳鸣九主编

神圣的沉静

——刘心武散文随笔精选

刘心武／著

海天出版社（中国·深圳）

图书在版编目（CIP）数据

神圣的沉静：刘心武散文随笔精选 / 刘心武著；柳鸣九主编. —深圳：海天出版社，2014.8
（本色文丛）
ISBN 978-7-5507-1059-7

Ⅰ.①神… Ⅱ.①刘… ②柳… Ⅲ.①散文集—中国—当代 Ⅳ.①I267

中国版本图书馆CIP数据核字（2014）第079430号

神圣的沉静
SHENSHENGDECHENJING

深圳出版发行集团
海天出版社

出品人	陈新亮
责任编辑	梁 萍　林星海
责任技编	蔡梅琴
装帧设计	深圳斯迈德设计 0755-83144228

出版发行	海天出版社
地　　址	深圳市彩田南路海天大厦（518033）
网　　址	www.htph.com.cn
订购电话	0755-83460293（批发）0755-83460397（邮购）
印　　刷	深圳市华信图文印务有限公司
开　　本	787mm×1092mm　1/32
印　　张	8.75
字　　数	140千
版　　次	2014年8月第1版
印　　次	2014年8月第1次
定　　价	30.00元

海天版图书版权所有，侵权必究。
海天版图书凡有印装质量问题，请随时向承印厂调换。

谨将此书
献给母亲王永桃在天之灵

刘心武，著名学者、作家。1942年出生于中国四川省成都市。曾当过中学教师、出版社编辑、《人民文学》杂志主编。

1977年发表短篇小说《班主任》，被认为是"伤痕文学"的发轫作，长篇小说《钟鼓楼》获第二届茅盾文学奖，长篇小说《四牌楼》获第二届上海优秀长篇小说奖。1993年出版《刘心武文集》8卷，2012年出版《刘心武文存》40卷。

于"红学"有独到研究，曾出版《红楼梦》研究专著多部，并在国内外引发较大反响。此外，还从事建筑评论和散文随笔写作。

总序一

深圳市海天出版社似乎颇有点"散文随笔情结",前几年,他们请季羡林先生主编了一套"当代中国散文八大家"丛书,效果甚好。于是,他们再接再厉,又策划出新的书系"世界散文八大家"。可惜此时季老先生已经仙逝,他们只好退而求其次,请柳某出面张罗。此"世界散文八大家",召集实不易,漂洋过海,总算陆续抵岸。接着,海天出版社又策划了一套新的文丛,以现今健在的著名文化人的散文随笔为内容。大概是因为柳某与海天出版社有过愉快的合作,自己也常写点散文随笔,又身居"人杰地灵"的北京,便于"以文会友",于是,他们又要柳某出面张罗。这便是这套书系产生的来由。

什么是散文随笔?前几年,一位被尊为大师的权威人士曾斩钉截铁地谓之为"写身边琐事"。我曾努力去领悟其要义,但就自己有限的文化见识,总觉得这个定义似乎不大靠谱。就"身边"而言,散文随笔的确多写与自己有关的人或事,但远离自己的人与事入文而成经典散文者实不胜枚举;就"琐事"而言,散文随笔写人写事的确讲究具体而入微,见微知著,以小见大。但以经国大业、社稷宏观、高妙艺文、深奥哲理为内容的名篇也常见于史册。不难看出，对于散文随笔而言，"题材不是问题"，任何事物皆可入散文，凡心智所能触及的范围与对象，无一不可成就散文也。故此，窃以为个人心智倒是散文的核心成分。

那么，究竟何谓散文呢？散文的基本要素究竟是什么呢？如果用定义式的语言来说，散文就是自我心智以比较坦直的方式呈现于一定文学形式中，而自我心智者，或为较隽永深刻的自我知性，或为较深切真挚的自我感情。说白了，如果是思想见解，当非人云亦云，而多少要有点独特性，多少要有点嚼头与回味；如果是情感心绪，那就必须是真实的、自然的、本色的、率性的，而要少一些矫饰，少一些虚假，少一些夸张。是的，尽可能少一些，如果不能完全杜绝的话。诗歌中常有的那种提升的、强化的、扩大的感情似乎不宜入散文，还是让它得其所哉，待在诗歌里吧。

至于"一定的语言文学形式"，不外意味着两点，一是非韵文的，这是散文有别于诗歌的最明显的标志；二是要有一定的修饰技巧，一定的艺术化，这则是散文随笔不同于公文告示、法律条文、科普说明以及各种"大白话"的重要标志。

这便是我所理解的散文随笔。我在自己的学术专业之外也经常写一些散文随笔，就是按照自己以上的理解来"炮制"的。今天，我被委以主编重任，也是按照自己以上的理解来操作的，至于我在自己的散文随笔中是否完全实践了自己的理念，是否达到自己的理念，在这次主编工作中是否有不合理、不人情的要求与安排，那就很难说了。呜呼，知与行的脱节与矛盾，人的永恒悲剧也。

出版社在策划这个书系的时候，规定约稿对象为当今的文化名家。当今的文化名家种类何其多也：有在荧屏上煽情与讲道的主持人，有靠摆pose与哭功而大富特富的影视大腕，有靠搞笑与搞怪出位的演艺奇才……人人都在写散文随笔，这大有成为当今散文随笔的主旋律之势。但按我个人的理解，这里所讲的文化名家不外是两种人，即具有作家文笔的著名学者与具有学者底蕴的著名作家，这两者的所长正是我对何为散文理解中所谓的"心智"这一大成分。

由于我自己的圈子所限，第一辑的约稿对象全是上述的第一种人，即具有作家文笔的著名学者，而且基本上都是弄西学的学者或游学国外多年的学者，多散发出一点"洋味"的人。

学者写散文似乎有点"不务正业"，有点越界，侵入了文学家地盘。但对于学者来说，特别是对人文学者来说，却完全是性之所致，是一种必然。他本来就有人文关怀、人文视角、人文感情，这种心智状态、心智功能，一触及世间万物，就莫不碰撞出火花。只要有一点舞文弄墨的兴趣、冲动与技能，自然而然就会产生出有点意思的散文随笔了。虽说舞文弄墨也是一种专门技能，需要培养与操练，但对于弄西学的人文学者来说，整天在世界文库里打滚，耳濡目染，这点技能是可以无师自通的。况且，人文学者于散文创作更有自己的优势，毕竟，他的知性是向全人类精神文化领域敞开的,他的目光是向全世界各种事物投射的。其散文随笔的题材,自是更为丰富多样,投射观察的目光自是更为开阔高远。而得益于世界各种精神文化的滋养,其可调配的颜色自是更为丰富多彩:说不定,也许我们这个时代有意思的散文随笔正是出自学者笔下呢,学者散文实不容当代文学史家忽视也……

所以,我有理由相信,这一套"本色文丛"多多少少会给文化读者带来一点不一样的感觉。

柳鸣九
2012年5月于北京

总序二

"本色文丛"的缘起,我已经在前序中做了说明。只不过,在受托张罗此事的当时,我只把它当作一笔"一次性的小额订单":仅此一辑,八种书而已,并无任何后续的念头与扩展膨胀的规划。于是,就近在本学界里找了几位对散文随笔写作颇感兴趣、颇有积累的友人,组成了文丛第一辑共八种。出版后不久,我正沉浸在终结了一项劳务后的愉悦感之际,海天社出我意料之外地又提出了新的要求:要柳某把"本色文丛"继续搞下去,而且不排除"做到一定规模"的可能……看来,我最初的感觉没有错:海天社确有散文情结,不是系于一般散文的"情结",而是系于"文化散文"的情结。而且,也不仅仅于此一点点"情结",而是一种意愿,一种志趣,一种谋划,一种努力的方向,一种执着的决断。

果然,最近我从海天社那里得到确认,他们要在深圳这块物质财富生产的宝地上,营造出更多的郁郁葱葱的人文绿意,这是海天社近年来特别致力的目标。

在物欲横流、急功近利、浮躁成性、人文精神滑落、正能量价值观有时也不免被侧目而视的社会环境中,在低俗文化、恶俗文化、恶搞文化、各种色调的(纯白的、大红色的、金黄色的)作秀文化大行于道、满天飞舞的时尚中,在书店一片倒闭声中,有一家出版社以人文文化积累为目的,颇愿下大力气,从推出"世界散文八大家"丛书再进而打造一套"本色文丛",这种见识、这份执着、这份勇气是格外令人瞩目的。

海天出版社要的文化散文,不言而喻,即文化人的精神文化产品。关于文化人,我在前序中有过这样的理解:主要是指有作家文笔的学者与有学者底蕴的作家。如果说"本色文丛"第一辑的作者,基本上是前一种人,第二辑则基本上都是第二种人。这样,"本色文丛"总算齐备了文化散文的两种基本的作者类型,有了自己的两个主要的基石,形成了一个初步的平台。

不论这两种类别的人有哪些差别,但都是以关注社会的人文状况与人文课题为业。其不同于以经济民生、科技工艺、权谋为政、运营操作为业者,也不同于穿着文化彩色衣装而在时尚娱乐潮流中的弄潮者,也可以说,这两种人甚至是以关注人文状况与人文课题为生,以靠充当"精神苦役"(巴尔扎克语)出卖气力为生,即俗称的"爬格子者"。他们远离社会权位和财富利益的持有与分配,其存在状态中也较少地掺和着权谋与物质利益的杂质,因而其对社会、人生、人文,对自我、对人生价值也就可能有更为广泛,更为深刻,更为真挚的认知、感受与思考。

在时下这个物质功利主义张扬、人文精神滑落的时代环境中,且提供一些真实的，不掺杂土与沙子的人文感受、人文思考，为我们这个时代留下一份份真情实感的记录，留下一段段心灵原本感受的再现，留下一幅幅人文人生的掠影，这便是"本色文丛"所希望做到的。

柳鸣九

2014年1月于北京

目录 CONTENTS

写在前面（自序） …………………………………… 1

远去了，母亲放飞的手 …………………………………… 1

归来时，已万家灯火矣 ……………………………………22

神圣的沉静 ……………………………………31

美丽的藩篱 ……………………………………35

楸树花 ……………………………………39

跟陌生人说话 ……………………………………43

从抖腿到凝神 ……………………………………49

谢幕与终曲 ……………………………………53

鸡啄米 ……………………………………57

小颗颗 ……………………………………68

硬木棍 ……………………………………75

冰心·母亲·红豆	81
雾锁南岸	96
不言而喻	114
炸出一个我	134
挣不脱的链环	147
免费午餐	157
父亲脊背上的痱子	164
能够善良	170
健康携梦人	176
那边多美呀!	183
换季诗	201
杉板桥无故事	205
闲为仙人扫落花	223
姐弟读书乐	228
草葬	232
人在胡同第几槐	240
大悲悯情怀	245

写在前面（自序）

我生命的第一个记忆，是在母亲的怀中，感受到母亲身体的暖气。对面是一条乌篷小船，篷下，长我8岁的姐姐，短发，大眼，跪坐在船舱里，一只手撑着船板，朝我微笑。长大后，我把这记忆告诉母亲，她吃惊，说那情形是有的。侵华日军轰炸重庆和成都，父亲留守重庆，开始母亲带着小哥和阿姐以及我在成都，后来就辗转前往祖籍安岳，其中有段途程，就是母亲抱着我乘一条大船，小哥阿姐乘一条小船。但那时我应该只有两岁的样子，人生的记忆，一般都在四五岁以后，我何以那般早慧？

其实那个记忆，只是一个萤光般的闪点，前后都没有更多的储存，我真正具有较连贯的记忆，也确是在四五岁以后。

那个萤光般的闪点，直到我如今度过70周岁，仍未熄灭。它是一个象征，即我的生命历程里，母亲对我具有无可估量的影响力，而家族熏陶、手足情深、文明教养、相濡以沫，是扶助我生命向上的重要动力。

我后来成为一个作家。检视近20来年的写作，其中有不少篇什，是写母亲的，其次是写父亲，以及兄姊，还有贤妻。虽然我在2012年出了40卷的《文存》，但其中并没有哪一卷专门将这些咀嚼亲情的文字汇聚一起，于是，趁柳鸣九先生邀我参加由他主编的《本色》丛书，就第一次汇编成了一册，其中有好几篇，是《文存》还没来得及收入，去年刚写成的。

我没有评估当下整个社会状况的资格与能力，不敢轻率做出世风日下、人情浇漓的结论，但确实目睹耳闻了不少血亲断交、兄弟阋墙、妇姑勃豀、夫妻仇杀、阖家互讼等等现象，于是痛感唤起人们心底那份最淳朴的亲情，在当下是十分必要的。我们的社会把"奔小康"设定为共同的目标，但何谓"小康"？"小康"的标准难道只是人均收入？以我自身的社会经验，像我们这样一个小资产阶级家庭，穿越过百年的社会风云，一直保持着浓酽的亲情。坚守善良，维系情趣，自尊悯人，独立思考，以一技之长服务社会，以理性平和随遇而安，是社会的良性细胞。"小康"家庭应该都是注重亲情、友情、爱情的，要防止因权力、财富、贪欲、急功等因素而引起的变异，特别是要杜绝癌变，始终令其每一个成员人性中的良善美雅的情愫得以提升。

用文字匡正社会是很难的，但以文字温暖人心是可能的。愿这册小书，能令读者在被戾气裹挟、冷漠刺痛时，多多少少感受到缕缕人间的温良之气。

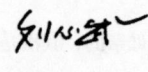

2013年1月5日

远去了,母亲放飞的手

一

在内心的感情上,我曾同母亲有过短暂、然而尖锐的冲突。

那是一直深埋在我心底的、单方面的痛怨。母亲在世时,我从未向她吐露过。直到写这篇文章前,我也未曾向其他最亲近的人诉说过。

二

1988年仲春,我曾应邀赴港,参加《大公报》创办50周年的报庆活动。其间,我去拜访了香港一位著名的命相家。我们是作为文友而交往的。他不但喜爱文学,而且也出版过文学论著。当然他的本职是算命、看风水。据说海内外若干政界、商界名流都找他看过相。他也给普通人看相,但要提前很久预约。我另一年过港去找他，他就正在接待一对普通的夫妇，他们是来给两岁的孩子看相，而他们的预约，却是在近3年前——母亲刚刚怀孕不久时，便来登记过的。1988年那回，我们见面时，他不仅给我算了后半生的总走势，还给我列出了流年命势，近5年内还精确到月。至少到目前为止，他的预言，竟都一一应验。这且不去说它。最让我听后心旌摇曳的，是他郑重地说："你这一生中，往往连你自己都意识不到，放飞的手远去了，母亲，你是被笼罩在母亲的强烈而又无形的影响之中；相对而言，你父亲对你却没多大的影响。"他这是在挪用弗洛伊德那"俄狄浦斯情结"（所谓"恋母弑父情结"）吗？这位命相家朋友，他的命学资源，是中西合璧的，单告诉你，他说得最流利的语言，除了粤语，便是法语，其次是英语，书房里堆满了哲学书，包括外文的，你就可知他并非一般的"江湖术士"者流。因此他对我说这话，显然也并不是简单地套用弗洛伊德学说，他确是一语中的，我的心在颤抖中大声地应和着：是的。也许我并不那么情愿，但每当我在生活的关口，要做出重要的抉择时，母亲的"磁场"，便强烈地作用于我，令我情不自禁地迈出步去。

三

我的童年和少年时代,一直生活在母亲身边。但也仅是"到此为止"。我读张洁在她母亲去世后,以全身心书写的那本《世界上最疼我的那个人去了》,产生出一种类似嫉妒与怅惘的心情。不管有多少艰难困苦,不管相互间爱极也能生怨,她们总算是相依为命,濡沫终老,一个去了,另一个在这人世上,用整整一厚本书,为她立下一座丰碑,去者地下有知,该是怎样地欣悦!

而我和母亲生活在一起时,因为还有父亲,有兄姊,他们都很疼爱我,所以,我在浑噩中,往往并未特别注重享受母爱,"最疼我"的也许确是母亲,可是我却并无那一个"最"字横亘心中。

1942年,抗日战争最艰苦的岁月,母亲在四川成都育婴堂街生下了我。当时父亲在重庆,因为日寇飞机经常轰炸重庆,所以母亲生下我不久,便依父亲来信所嘱,带着我兄姊们回到偏僻的老家——安岳县——去"逃难",直到抗战胜利,父亲才把母亲和我们接回重庆生活。雾重庆在我童年的记忆里形成了一个模糊而浪漫的剪影。我童年和少年时代真切而深刻的记忆,是北京的生活,从1950年到1959年,我的8

岁到17岁。那时父亲在北京的一个国家机关工作,他去农村参加了一年土改,后来又常出差,再后来他不大出差,但除了星期天和节假日,他都是早出晚归,并且我的哥哥姐姐们或本来就已在外地,或也陆续地离家独立生活,家里,平时就我和母亲两人。

回忆那10年的生活,母亲在物质上和精神上对我的哺育,都是非同寻常的。

物质上,母亲自己极不重视穿着,对我亦然,反正有得穿,不至于太糟糕,冬天不至于冻着,也就行了;用的,如家具,跟邻居们比,实在是毋乃太粗陋;但在吃上,那可就非同小可了,母亲做得一手极地道的四川菜,且不说她能独自做出一桌宴席,令父亲的朋友们——都是些见过大世面、吃过高级宴席的人——交口称誉,就是她平日不停歇地轮番制作的四川腊肠、腊肉、卤肉、泡菜、水豆豉、赖汤圆、肉粽子、皮蛋、咸蛋、醪糟、肉松、白斩鸡、樟茶鸭、扣肉、米粉肉……"常备菜",那色、香、味也是无可挑剔,绝对引人垂涎三尺的,而我在那10年里,天天所吃的,都是母亲制作的这类美味佳肴,母亲总是让我"嘿起吃"(四川话,意即放开胃吃个够),父亲单位远,中午不能回来吃,晚上也并不都回来吃,所以平时母亲简直就是为我一个人在厨房里外不惮其烦地制作美味。有了解我家这一情况的人，老早就对我发出过警告："你将来离开了家，看你怎么吃得惯啊！"但我那时懵懵懂懂，并不曾设想过"将来"。生活也许能就那么延续下去吧？"妈！我想吃豆瓣鱼！想喝腊肉豆瓣酸菜汤！"于是，我坐到晚餐桌前，便必然会有这两样"也不过是家常菜"的美味……那时我恍惚觉得这在我属于天经地义。附带说一句，与此相对应的，是母亲几乎不给我买糖果之类的零食，我自己要钱买零食，她也是很舍不得给的，偶尔看见我吃果丹皮、粽果条、关东糖之类的零食，她虽不至于没收，却总是要数落我一顿。母亲坚信，一个人只要吃好三顿正经饭，便可健康长寿，并且那话里话外，似乎还传递着这样的信念：人只有吃"正经饭"才行得正，吃零嘴意味着道德开始滑落——当然很多年后，我才能将所意会到的，整理为这样的文句。

母亲在"饲养"我饭食上如此令邻居们吃惊，被几乎一致地指认为对我"娇惯"和"溺爱"，但跟着还有更令邻居们吃惊的事。那时我们住在北京东城一条胡同的机关大院里，我家厨房里飘出的气味，以及母亲经常在厨房外晾晒自制腊肠等等行迹，固然很容易引起人们注意，而各家的邮件，特别是所订的报刊，都需从传达室过，如果成为一个邮件大户，当然就更难逃脱人们的关注与议论，令邻居们大为惊讶的是，所订报刊最多的，是我家——如果那都是我父亲订的，当然也不稀奇，但我父亲其实只订了一份《人民日报》，其余的竟都是我订的。上小学和初中时，是《儿童时代》《少年文艺》《连环画报》《新少年报》《中学生》《知识就是力量》……上高中时，则是《文艺学习》《人民文学》《文艺报》《新观察》《译文》《大众电影》《戏剧报》……乃至于《收获》与《读书》。订那样多的报刊，是要花很大一笔钱的，就有邻居大妈不解地问我母亲："你怎么那么舍得给一个幺儿子花这么多钱啊！你看你，自己穿得这么破旧，家里连套沙发椅也不置！"母亲回答得很坦然："他喜欢啊！这个爱好，尽着他吧！"其实邻居们还只注意到了订阅报刊上的投资，他们哪里知道，母亲在供应我买课外读物上的投资，还有我上高中后，看电影和话剧上的投资，更是一个惊人的数字。从1955年到1959年，我大约没放过当时任何一部进口的译制片，还有在南池子中苏友协礼堂对外卖票放映的苏联原版片（像《雁南飞》《第四十一》就都是在那里看到的）。又由于我家离首都剧场不远，所以我那时几乎把北京人艺所演出的每一个剧目都看了。为什么我要把这方面的投资都算在母亲身上？因为我家的钱虽都来自父亲所挣的工资（他当时是行政十二级，工资额算高的），可是钱却都由母亲支配，父亲忙于他的工作，并且他有他的一个世界，他简直不怎么过问我的事。有一回我中学班主任来我家访问，他竟问人家我是在哪一所中学上学；母亲全权操办我的一切事宜，因此，如果母亲不在我的文艺爱好上，如同饭菜上那样"纵容"与"溺爱"我，我当年岂能汲取到那么多（当然也颇杂芜）的文化滋养呢？

就在母亲那样的养育下，我身体很快地达于早熟，并且我的心态也很快膨胀起来——我爱好文学，但我并不觉得自己只是个"文学青年"，只应尝试着给报刊的"新苗"一类栏目投习作，我便俨然以成年作者自居，煞有介事地胡乱给一些很高档的报刊投起稿件来，不消说，理所当然地有了一大堆退稿。但竟终于1958年，我16岁，上高二时，在《读书》杂志上发表了我的第一篇文章：《谈〈第四十一〉》。

在我来说，那当然是很重要的一桩事。在我母亲来说呢？"养兵千日，用兵一时"，难道她不欣喜若狂吗？

不。母亲或许也欢喜，但那欢喜的程度，似乎并没有超过看到我在学校里得到一个好分数一类的常事。

母亲1988年病逝于成都。她遗下一摞日记，1958年是单独的、厚厚的一本，几乎每天没有间断，里面充满我家许多的琐事细节，我找来找去，我的文章第一回印成铅字这桩在我来说"天大的事"，她硬是只字未提。

我的母亲是个平凡之极的母亲，但她那平凡中又蕴含着许多耐人寻味之处。

她对我的那份爱，我在很久之后，都并不能真正悟透。

四

1959年，我在高考时失利。后来证实，那并非是我没有考好，而是另有缘故，那里面包括一个颇为复杂的故事，这里且不去说。我被北京师范专科学校录取，勉勉强强地去报了到，我感到"不幸中的万幸"，是这所学校就在市内，因此我觉得还可以大体上保持和上高中差不多的生活方式——晚上回家吃饭和睡觉。固然学校是要求住校的，而且师范院校吃饭不要钱，但那时也有某些不那么特别要求进步、家庭也不那么困难的学生，几乎天天跑回家去，放弃学校的伙食，跟我一个班的一位同学就是如此。

我满以为，母亲会纵容我"依然故我"地那样生活，但是她却给我准备了铺盖卷和箱子，显示出她丝毫没有犹豫过，并且也不曾设想过我会耍赖——她明白无误地要我去住校，告诉我到星期六再回家来。我服从了，心里却十分的别扭。

那时，经历过浮夸的"大跃进"，国家进入了"三年困难时期"，学校里的伙食可想而知，油水奇缺。母亲在家虽也渐渐"巧妇难为无米之炊"，但父亲靠级别终究还有一些食油和黄豆之类的特殊供应，加以母亲常能"化腐朽为神奇"，比如说把北方人往往丢弃的鱼头、猪肠制作成意外可口的佐餐食品，所以星期日回到家里，那饭菜依然堪称美味佳肴，这样再回到学校食堂，便更感饥肠难畅。

母亲不仅把我"推"到了学校，而且，也不再为我负担那些报刊的订费，我只能充分地利用学校的阅览室和图书馆，那虽只是个专科学校，平心而论，一般的书藏量颇丰，因此也渐渐引得我入了迷，几个月后，我也就习惯，乐于在图书馆里消磨，逢到周末，并不回家，星期日竟泡一天图书馆的情形，也出现了几次。

不过，母亲每月给我的零花钱，在同学中，跟他们家里所给的比，还是属于多的，因此那时我在同学中，显得颇为富有，有时就买些伊拉克蜜枣（那是那时市面上仅有的几种不定量供应的食品），请跟我相好的同学吃。

1960年春天，有一个星期六我回到家中，一进门就发现情况异常，仿佛在准备搬家似的……果不其然，父亲奉命调到张家口一所军事院校去任教，母亲随他去，我呢？父亲和母亲都丝毫没有犹豫地认为，我应当留在北京，我当然也并不以为自己应当随他们而去，毕竟我已经是大学生了，问题在于：北京的这个家，具体地说，我们的这个宿舍，要不要给我留下？如果说几间屋都留下太多，那么，为什么不至少为我留一间？

那一年，父亲他们机关奉调去张家口的还有另外几位，其中有的，就仅是自己去，老伴并不跟去，北京的住房，当然也就保留，很多年后，还经历了"文革"的动乱，但到头来，人家北京有根，终究还是"叶落归根"了。那时，即使我母亲跟父亲去了张家口，跟组织上要求给我留一间房，是会被应允的，但父亲却把房全退了，母亲呢，思想感情和父亲完全一致，就是认为在这种情况下，我应当开始完全独立地生活。

在我家，在我的问题上，母亲是绝对的权威。倘若母亲提出应为我留房，父亲是不会反对的。母亲此举也令邻居们大感不解。特别是，他们都目睹过母亲在饭食和订阅报刊上对我的惯纵，何以到了远比饭菜和报刊都更重要的房子问题上，她却忽然陷我于"无立锥之地"，这还算得上慈母吗？！

父母迁离北京、前往张家口那天，因为不是星期日，我没去送行，老老实实地在教室里听课。到了那周的星期六下午，我忽然意识到，我在北京除了集体宿舍里的那张上铺铺位，再没有可以称为家的地方了！我爬上去，躺到那铺位上，呆呆地望着天花板上的一块污渍，没有流泪，却有一种透彻肺腑的痛苦，难以言说，也无人可诉。

那一天，我还没满18岁。

五

我想一定会有人笑话我：十七八岁开始独立的人生，这有什么稀奇！在1949年以前的岁月里，有的人15岁左右就参加革命了！而"文革"当中，多少青年人上山下乡，"老三届"里最小的一批（"老初一"），他们去插队或去兵团时顶多16岁。是的，我也曾在心底里检讨过自己的娇懦与卑琐，所以一直不敢袒露那一阶段的心曲。但现在时过境迁，我已年过半百，自己对自己负全责的生活磨练，也堪称教训与经验并丰，因之能冷静地跳出自己，从旁来观察分析我从少年步入青年，那一人生阶段的心理成熟过程，现在更能从中悟出，父母，特别是母亲，对子女，特别是对我，在无形中所体现出的那一份宝贵的爱。

和母亲在一起（1986年）

每一个人都会有自己独特的生命体验。但绝大多数人的生命历程又往往可以从大体上来归类。在1949年以前的年代里，很多青年人参加革命，或是因为家里穷得没饭吃，或者是家里小康或大富，自己却觉得窒闷，因而主动投入革命，离家奋飞。而"文革"中最大多数的知识青年，他们的离家上山下乡，是处于一种不管你积极还是消极还是混沌的状态，总之要投入随风而去的潮流之中。但是在相对来说是不仅小康而且亲情浓烈的家庭里，在相对来说属于和平时期的社会发展阶段，一般来说，父母就很容易因为娇惯与溺爱子女，而忽略了培养他们独立生活的能力，甚至于到了该将他们"放飞"的时候，还不能毅然地将他们撒出家去，让他们张开翅膀，开始相对独立的人生途程。20世纪80年代以降，许许多多的小家庭都面临着这样一个看似简单、实际却并不那么简单的问题，结果是出现了不少心性发育滞后的青少年，引发于社会，则呈现出越来越具负面影响的若干伦理问题、道德问题、社会生态平衡问题与民族素质衍化等一系列问题。正是在这样一种新的人文环境中，我才突然觉得，从这样一个新的角度，加深对我母亲的某些方面的理解，不仅对我自己，对我的儿子，能有新的启迪，并且将其写出，也许对20世纪90年代的母亲们，亦不无参考价值。

六

其实我也在不少文章中写到过母亲，只是没有像张洁那样，专门写成一本书。我回忆过母亲的慈蔼，她的宽以待人，她那让我回忆起来觉得简直是过了分的诚实，以及她因体胖行动起来总是那样的迟慢，还有她对《红楼梦》中人物与细节的如数家珍，她几十年如一日地坚持记日记，她曾在一次日记里用这样的句子结束了全家的颐和园之游："归来时,已万家灯火矣!"这在外人看来一定觉得极为平常的文句,在偷看它的我(那时11岁)来说,却经历了一次情感与诗意的洗礼……

可是在我对母亲的回忆里,不可能有相依为命、携手人生的喟叹。不是因为家贫难养,不是因为我厌倦了父母的家要"冲破牢笼"(我的情绪恰恰相反),甚至也不是因为社会的大形势一定要我和父母"断脐"(固然那时阶级斗争的弦已越绷越紧,却并没有影响到我起码是"适当地靠父母",比如说在父母离京时为我谋得"留房"),而是因为父母一致地认为,特别是母亲的"义无反顾",要我从18岁后便扇动自己的翅膀,飞向社会,从此自己对自己负全责,从自己养活自己,到自己筑窝,自己去娶妻生子,去开创我的另一世界。

父母对我们每一个子女,都这样对待。我大哥1949年前就离家参加了解放军,二哥十六七岁便离家求学,学造纸,1950年分配到延边一个屯子里的造纸厂当技术员,另一个哥哥大学毕业也到很远的地方工作,姐姐也是一样,总之,我们全都在20岁前,便由父母坚决地放飞。在后来的岁月里,我们在假期,当然也都回到父母家看望他们,他们后来也曾到过我们各自的所在,我们的亲情,不因社会的动荡、世事的变迁而有丝毫的减退。父母对放飞后的我们，在遇到困难时，总是不仅给予感情上的支撑，也给以物质上的支援。比如我1971年有了儿子后，父母虽已因军事学院的解散，被不恰当地安置到僻远的家乡居住，却不仅不要我从北京给他们寄钱，反而每月按时从那里往北京我这里寄15块钱，以补助我们的生活，每张汇款单上都是母亲的笔迹，你能说她这都仅是为了"养孙子"，对我，却并没有浓酽的母爱吗？

可是父母，特别是母亲，在"子女大了各自飞"这一点上，坚定性是异常惊人的。

我的小哥哥，曾在南方一所农村中学任教，忽然一个电报打过来，说得了肺结核。当时父亲出差在外，一贯动作迟缓的母亲，却第二天便亲自坐火车去他那里，把他接回北京治疗，竭尽心力地让他康复。在那期间，哥哥的户口都已迁回了北京，病愈后，在北京找一份工作，留在家里并无多大困难，但母亲却像给小燕舐伤的母燕，一旦小燕伤好，仍是放飞没商量，绝不作将哥哥留在身边之想，哥哥后来也果然又回到了那所遥远、而且条件非常艰苦的农村中学。有邻居认为这不可思议。但母亲心安理得。

母亲可以离开子女，却不能离开父亲。除了抗日战争期间，因"逃难"，母亲一度与父亲分居，他们两人在漫长的生涯里，始终厮守不弃。1960年，父亲调到张家口，那是"口外"，其艰苦可想而知，有人劝母亲，留在北京吧，政策未必不允，而且，过些年父亲也就该退休，正好可以退回北京家中，何况北京有我，师专毕业，分配都在北京，正好母子相依，岂不面面俱到？母亲却绝无一分钟的动摇。她一听到调令，便着手收拾家当。她随父亲到了塞外，在那里经历了"文革"的洗礼。其间该军校所有教员一律下放湖北干校，就有某些随军家属，提出自己有独立的户口，并非军校工作人员，要留下来安家，经动员无效，也只好安排，这样后来军校彻底"砸烂"时，一些教职工反得以回到未下放的家属那里，生活条件较为改善，但我母亲照例绝不作此考虑，她又是连一分钟的迟疑也不曾有，坦然地随父亲上了"闷子车"，一路席地而坐，被运到了湖北干校……对于母亲来说，夫妇是不能自动分离的，无论遇到什么情况，也无论短暂的分离可能带来某种将来的"好处"，她都绝不考虑，那真是无论花径锦路，还是刀山火海，只要一息尚存，她都要与父亲携手同行，在每个可能的日夜。这是封建的"嫁夫随夫"思想吗？这是"资产阶级的恋爱至上"吗？或许，这仿佛老燕，劳燕双飞，是一种优美的本能？

把母亲的绝不能与父亲分离，与她对成年子女的绝对放飞，相合来看，现在我意识到，这样的母亲，确实很不简单。或者，换个说法：这本是一种最普通的母亲，但，起码在我们现在置身其间的社会环境里，反倒不是那么普通了。

七

以我的"政治嗅觉"，直到1966年春天，我还是万没有料到会有一场疾风暴雨的"无产阶级文化大革命"迫在眉睫。我在北京一所中学任教，当时不到24岁，却已经有了近5年的教龄，教学于我颇有驾轻驭熟之感。中学是一个很小的天地，那时离政治漩涡中心很远，我除了教书，就是坐在学校宿舍里读书，写一点小文章投寄报纸副刊，挣一点小稿费，还有就是去北海、中山公园等处游逛。姚文元那篇批判《海瑞罢官》的文章，一发表于上海《文汇报》，我就在学校阅览室里读了，心中有一点诧异，却也仅只是"一点点"，其他老师似乎连阅读的兴趣也没有，谁也没想到那文章竟是把我们所有人卷进一场浩劫的发端。我投给《北京晚报》的小文章，有时就排印在副刊的"燕山夜话"旁边，但我既没有什么受宠若惊之感，更无不祥之兆，因此当几个月后暴怒的"红卫兵"质问我为什么与"燕山夜话""一唱一和"时,我竟哑然失声……

就在那个春天,我棉被的被套糟朽不堪了,那是母亲将我放飞时,亲手给我缝制的被子,它在为我忠实地服务了几年后,终于到了必须更换的极限。于是我给在张家口的母亲写信要一床被套。这于我来说是自然到极点的事:那时我虽然已经挣到每月54元的工资,又偶尔有个五块十块的稿费,一个人过,经济上一点不困难,我偶尔也给母亲寄上十块二十块的,表示孝心,我不是置不起一床新被套,但我不知道该到哪儿去买现成的被套,买白布来缝?那是我难以考虑的,这种事,当然是问母亲要。

母亲很快给我寄来了包裹,里面是一床她为我缝制的新被套,但同时我也接到了母亲的信,她那信上有几句话令我觉得极为刺心:"……被套也还是问我要,好吧,这一回学雷锋,做好事,给你寄上一床……"

这就是我文章开头所说的,与母亲的一次内心里的感情冲突。睡在换上母亲寄来的新被套里,我有一种悲凉感。母亲给儿子寄被套,怎么成了"学雷锋,做好事",仿佛是"义务劳动"呢?!

当然,在那样的岁月里,这是很细微很卑琐的一件事情,何况很快就进入了"文革"时期,这对母亲的不悦,很快也就沉入心底,尘封起来了。

在"文革"过去以后,因为偶然的原因,母亲在关于那床被套的信中所说过的话,又曾浮到了记忆的上层。于是默默地分析:她那是因为受当时社会"语境"的熏陶而顺笔写出?是因为毕竟乃一平凡的老太婆,禁不住为一床被套"斤斤计较"?还是她对我,说到底并没有最彻底的母爱?

也曾有几回,在母亲面前,话到嘴边,几乎就要问出来了,却终于又吞了进去。吞进去是对的。也曾设想,是母亲当年一时的幽默。母亲诚然是一个有幽默感的人,但她同时又是一个从不拿政治词语来幽默的人。

现在我才憬悟,母亲那是很认真很严肃的话,就是告诉我,既已将我放飞,像换被套这类的事,就应自己设法解决。在这种事情上,她与我已是"两家人",当然她乐于帮助我,但那确实是"发扬雷锋精神",她是在提醒我,"自己的事要尽量自己独立解决"。回想起来,自那以后,结婚以前,我确实再没向母亲伸过这类的手,我的床上用品,更换完全由我自己完成,买不到现成的,我便先买布,再送到街道缝纫社去合成。

母亲将我放飞以后,我离她那双给过我无数次爱抚的手,是越来越远了,但她所给予我的种种人生启示,竟然直到今天，仍然能从细小处，挖掘出珍贵的宝藏来……谁言寸草心，报得三春晖！

八

父亲于1978年突发脑溢血逝世。父亲逝世后，母亲在我们几个子女家轮流居住，她始终保持着一种独立的人格尊严，坚持用自己的钱，写自己的日记，并每日阅读大量的书报杂志，在与子孙辈交谈时，经常发表她那相当独到的见解，比如，她每回在电视新闻里看到当时的美国总统卡特，总要说："这个焦眉愁眼的人啊！"她能欣赏比如说林斤澜那样的作家写的味道相当古怪的小说……她的行为也仍充满勃勃生气，比如收认街头纯朴的修鞋匠为自己的干儿子，等等。

母亲于1988年深秋，因身体极为不适，从二哥家进了医院，她坚持要自己下床坐到盆上便溺，在我们子女和她疼爱的孙辈都到医院看过她后，她在一天晚上毅然拔下护士给她扎上的抗衰竭点滴针，含笑追随父亲而去。她在子女成年后，毅然将他们放飞，而在她丧偶后，她所想到的，是绝不要成为子女们的累赘，在她即将进入必得子女们轮流接屎接尿照顾她病体的局面时,她采取了不发宣言的自我安乐死的方式,给自己无愧的一生,画上了一个清爽的句号。

九

静夜里,忆念母亲,无端地联想到两句唐诗:"唯怜一灯影,万里眼中明。"那本是唐人钱起为日本僧人送行而写的,营造了一个法舟在海上越飘越远,那舟窗中的灯,却始终闪亮在诗人心中的意境。我却觉得这两句诗恰可挪来涵括对母亲的忆念。她遗留给我的明心之灯,不因我们分离的时日越来越长而暗淡熄灭,恰恰相反,在我生命的途程中,是闪亮得愈见灿烂,只是那明心之光润灵无声,在一派肃穆中伴我始终。

归来时，已万家灯火矣

1950年，我们全家从重庆迁到北京。父母虽原籍都是四川，却从小随祖父在北京长大，北京于他们而言不啻第二故乡。在北京安顿下来以后，每逢星期天和节假日，父母总要带我们子女游览北京的名胜古迹。母亲是个爱记日记的人，平时那平淡的日子里，油盐酱醋茶的家常细事她都要记，何况游览归来后。有一次，全家游颐和园归来，母亲写了一篇很长的日记，姐姐偷看了母亲的日记本后，笑得合不拢嘴。她说，那篇日记的最后一句是："归来时，已万家灯火矣。"哥哥们听说，也都笑。我那时还小，不懂他们笑个什么；但从他们的神情可以看出，那倒不是恶意的嘲笑；母亲对他们的笑，也报之以笑，一家人很是快活。后来渐渐琢磨出来，姐姐和哥哥们是觉得母亲那文言白话夹杂的文体，在那样一个新时代开始以后，显得挺滑稽的；用今天的术语来说，就是"文本"和"语境"有些个"疏离"。

后来我大了些，也翻看过母亲的日记本。母亲实在是个

1952年与母亲在颐和园

无甚隐私的人，为了父亲，为了子女的成长，她日复一日地操持家务，日记所载，便是那含辛茹苦而任劳任怨的流程。母亲日记的内容确实平淡无奇，但我喜欢那里面所充溢的生活情趣。比如，有一次母亲上街买菜，被扒手偷走了钱包，她记下这件事时，还画了一幅小画儿，画着她自己气恼的面容，又在她自己的像后，画了一个比例小许多的、逃跑的扒手的背影，非常生动，旁边还有文字说明："扒手可恨！给新社会丢脸！"她为自己的日记插图虽不是很多，一个月里也总有几回。记得有一幅荷花画得很好，是记录到北海公园赏荷的印象，那荷花上，还立着一只昆虫——我以为是蜻蜓——母亲告诉我应该叫作豆娘。

家人合影（1955年）

20世纪50年代初期，父母对新社会赞不绝口。那时北京先是疏浚了什刹海等水域，后来又掏尽了几乎全城的阴沟，所以全家一起看了老舍的《龙须沟》以后，父母都赞生动真实，对舞台上的角色喊"万岁"，非常地共鸣。后来我再大了些，懂得那一时期叫新民主主义社会。那时的国产影片，厂标是工农兵的雕像，随着一段悦耳的乐曲，微偏的雕像缓缓旋转为正面，叠印出制片厂名称；我现在仍能哼出那乐曲的旋律；后来那乐曲不仅从电影片头消失，几乎在任何时候、任何场合都再也听不到了；到了"文革"时期，上海首先揪出了作曲家贺绿汀，对他猛批时，点到了那首由他谱出、一度被使用到电影片头的乐曲，原来叫作《新民主主义进行曲》，而"新民主主义"，据说是刘少奇对之格外地衷情，有"巩固新民主主义"的提法，是他反对搞社会主义的一大罪状，此罪既定，贺绿汀为"新民主主义"谱"进行曲"，自然也就"罪该万死"。说实在的，新中国成立初实行新民主主义的时间虽然短暂，但那时我已十多岁，所获得的感受里，却没什么阴影。那时国营经济蓬勃发展，但私营经济也很活跃，我记得父亲带我去先农坛参观过大规模的城乡物资交流会，各种商品琳琅满目；而我家附近的隆福寺庙会，更显示出多元的社会景观；当时的东安市场，更仿佛一座美不胜收的琳宫宝殿。还记得那时母亲常一边在厨房炒菜，一边赞叹物价稳定。也还记得在饭桌上，父母不经意的对话中，其实是在赞叹新社会的好处，比如取缔了妓院，禁绝了鸦片，消灭了土匪，振奋了民心，等等。所以在"文革"时，读到那些痛批刘少奇"巩固新民主主义"的想法是"狼子野心"时，心里只有诧异和恐惧，只好拼命地去跟那"继续革命"的极左理论认同。后来，从逻辑上也确实弄通了，革命就是要一波一波地迅疾推进，以致最后要实行"全面专政"。但"反右"、"大跃进"以后，我步入青年时期，却留下了害怕"片语致祸"和物资匮乏乃至饥饿的记忆阴影。

母亲直到"文革"前，一直坚持记日记。哥哥们和姐姐后来都离开了北京。我长大了，自己也记上了日记，因为懂得日记是私密的话语，自己的既然怕别人看，别人的当然也就不应该看，所以那以后再不曾翻看母亲的日记。直到母亲1988年仙逝后，她的几十本日记成为遗物，我才通读了一遍。我发现，她那日记，最生动活泼的部分，就是1950年到1956年那几本，插图最多的，也是那几本。而"归来时，已万家灯火矣"那一篇那一句，在我心中激出的涟漪，久久环荡。我体味着那文白夹杂的字句中，一个普通的中国人，对身逢太平盛世、安度平凡生活的诗意情怀。

我的父母，无论从家庭出身和本人成分上看，都属于大时代中典型的中间人物。他们对革命的认同，是因为他们看到了革命者所营造出的、一个好的生存空间。他们从不认为自己也该成为革命者。他们拥护革命者，接受革命者领导，愿意在革命政权下更放松地做一个好人。正因为他们这样给自己定位，所以，像父亲，他在上班时认真工作，可是下班后，保留着自己的个人爱好——逛旧书店和吃西餐；而母亲，在从事家务劳动和积极参加一些街道工作之余，也有自己的闲情逸致，比如反复阅读《红楼梦》和记日记，并写下"归来时，已万家灯火矣"那样的句子。

1957年以后的事态发展，从母亲的日记里，隐约可以看出，是很快地，要求所有的人都成为地道的革命者，不再允许中间人物的存在。思想舆论要求一律，文体也要求一律。父亲在单位里出了事，当时我们子女并不清楚——他因为在帮助党整风的座谈会上，发了个什么言，后来被开会批判，但最终没划右派，档案里落下了"中右"的结论，这就在很多年里不同程度地影响到了我们这些子女的命运，这里且不多说——父亲在单位里的遭遇，他瞒着我们子女，却告诉了母亲，母亲去世后我通读她的日记，在1957年秋天的某一日，她写下了很含蓄的一句"天演说错了话"，天演是父亲的名字；在"说错了话"四个字下面，她画了圈，而且，"错"字和"话"字似乎描涂过好几遍，事过多年，从那笔触里，仍可看出那件事给予她心理上有过多么锐重的刺激。母亲日记中的情趣从那句话后竟消失殆尽，以后的日记中不再有"归来时，已万家灯火矣"那样的句子，越来越简约，成了干巴巴的备忘录，当然更没有什么插图了。到母亲晚年，赶上了改革开放的好日子，她恢复了写日记，但年事已高，精力不逮，写得也都很简单，再没有像当年那种郊游回来，既有描写又有抒情的篇章了。

"归来时，已万家灯火矣"，这种情调，后来我懂得，要被划为"小资产阶级情调"。1956年以前，在文艺界，这种情调已然被指认为"不健康"；到后来，有"写中间人物是资产阶级主张"的大批判，小资产阶级也就跟资产阶级煮成一锅了；到"文革"，那就只剩下一种据说是无产阶级专有的文体了，不依规范，"说错话"或"写错文"，甚至会引来杀身之祸。幸亏母亲不是搞文艺的，她的日记从未公开发表过。

母亲日记的情调，使我想到丰子恺的文和画。他们是同代人，也许，阶级成分和人生站位，也差不多，都属于所谓"小资产"吧。"文革"风暴一起，上海首批揪出的"牛鬼蛇神"里，就有丰子恺，这很使人惊讶，他那些"人散后，一钩新月天如水"、"满山红叶女郎樵"的作品，究竟碍了革命者、革命政权、革命路线什么事儿呢？

母亲在"文革"中，和父亲一起下"五七干校"。装载他们那些知识分子的火车，原来是运送牲口的闷子车，后来母亲回忆说，1000多公里的途程，没有坐椅，大家坐在车厢底板上，这倒还能忍受，可是，车上没有厕所，而又经常很久都不停车，男女同在一个车厢，有的随往家属还是青春少女，那尴尬与狼狈的情景，真不便形容。在那样的生存状态下，丰子恺式的人生情趣，自然已被尽悉碾碎扫荡。

去"干校"，据说是要把所有的人，都改造成革命者。那时候民族的生存空间里，要么你是敌人，要么你就得是革命者。你如果想，我既不反革命，也不革命，行不行呢？或者，你觉得自己成不了革命者那么优秀的人，但革命者所革出的局面，如果好，你会拥护，然后在那个前提下，努力劳动，认真工作，然而也保留自己的一份个人生活，比如扶老携幼地郊游、赏花，甚至欣赏立在荷花上面的一只纤弱的豆娘……并在当天的日记最后，写下"归来时，已万家灯火矣"的句子，行不行呢？……当然不行。不仅不行，而且，恐怕敢这么想的人，那时候也越来越少。

现在的世道，已经有了很大变化。总的来说，变得比以前好了。但问题也不少，有的问题甚至相当触目惊心，尤其是权钱交易造成的腐败堕落，还有明显的社会不公。不少的仁人志士，都挺身而出，意欲从理论上、实践上，解决问题。这当然很好。但我希望，不管是哪一派别，最好都把矛头，直接指向那问题的主体，指向责任者；只要你那理论确实有益，尤其是付诸实践真有效果，一般的俗众自然会被吸引，成为你的拥护者。最好不要矛头并不真正对着那问题的主体，不对着那责任者，而先对着俗众，责备他们怎么不跟你的理论认同，没有积极参与你提倡的斗争，或怎么没成为你自己那样的仁人志士。不管是革命，还是改革，还是改良，乃至于改进，目的是要给一般民众带来良好的生存空间和公平的生存秩序，要达到目的，当然需要争取尽可能多的拥护，但却不必要求芸芸众生都一律成为革命者、改革者、改良派、改进派。容许社会上，有一个宽阔的中间地带，其间繁殖生息着过常态"小日子"的、普普通通的小人物，或叫作"中间人物"，有那样胸怀的大人物，我以为才是值得尊敬的大人物，倘若他还能进一步为众多的小人物营造出太平盛世，以公平的"游戏规则"组织好社会生活，那他就不仅值得尊敬，更应该倾心拥护了；倘若他的宗旨，只是着力于把亿万小人物都改造成跟他画等号的存在，遇到阻力，推行不顺，便大发雷霆，大施惩罚，那，大规模的社会悲剧，势必发生。这是我从母亲日记上一个抒情感叹的句子，所引发出的联想，最终所达到的憬悟。

神圣的沉静

还记得童年在重庆的一些事。我家住在南岸狮子山,从那里可以到一座更高的真武山去游览。真武山上有段路非常险,靠里是陡峭的山岩,靠外是极深的悬崖。那天玩得很开心。返回时,我故意贴在悬崖边上走,还蹦蹦跳跳的,甚至以颠连步跃进。7岁的我还不懂生命的珍贵。那样做,有存心让母亲看见着急的动机。那悬崖下面的谷地,荒草里凸现着一块怪石,那石头自然生成盘蛇的状态,当中的一块耸起活像蛇颈和蛇头。传说结了婚的男女,从悬崖上往下掷石头,如果掷中了那条石蛇的身子,就能生个儿子。混混沌沌的我,自以为也懂得成年人的事情,听大人们有那样的议论,想起自己也同邻居女孩子玩过扮新郎新娘的游戏,竟然也拾起石块朝悬崖下奋力掷去,把握不好投掷的重心,身体的姿势从旁看去就更惊心动魄了。

还记得那天母亲的身影面容。她紧靠着路段里侧的峭壁,慢慢地走动。她一定后悔转到那段路以前没能牢牢牵着我的手,把我控制在她身边,她自己往前挪步,眼睛却一直盯在我身上。我顽皮地蹦跳投掷,不住地朝她嬉笑,怄她,气她,悬崖边缘就在我那活泼生命的几寸之外。事后,特别是长大成人后,回想起母亲在那段时刻的神态,非常惊异,因为按一般的心理逻辑与行为逻辑,母亲应该是惶急地朝我呼喊,甚至走过来把我拉到路段里侧,但她却是一派沉静,没有呼喊,更没有吼叫,也没有要迈步上前干预我的征兆,她就只是抿着嘴唇,沉静地望着我,跟我相对平行地朝前移动。

1956年的母亲王永桃

那段险路终于走完,转过一道弯,路两边都是长满芭茅草和灌木的崖壁了,母亲才过来拉住我的手,依然无言,我只是感受到她那肥厚的手掌满溢着凉湿的汗水。

直到中年,有一天不知怎么地提及这桩往事,我问母亲那天为什么竟那样地沉静?她才告诉我,第一层,那种情况下必须沉静,因为如果慌张地呼叫斥责,会让我紧张起来,搞不好就造成失足;第二层,她注意到我是明白脚边有悬崖面临危险的,是故意气她,尽管我不懂将生命悬于一线是多么荒唐,但那时的状态是有一定的自我防险意识与能力的,一个生命一生会面临很多次危险,也往往会故意临近危险也就是冒险行动,她那时觉得让我享受一下冒险的乐趣也未为不可。我很惊讶,母亲那时能有第二层次的深刻想法。

母亲去世多年了,她遗留给我的精神遗产非常丰厚,而每遇大险或大喜时的格外沉静,是其中最宝贵的一宗。我写第一个长篇小说《钟鼓楼》时,母亲就住在我那小小的书房里,我伏桌在稿纸上书写,母亲就在我背后,静静地倚在床上读别人的作品。我有时会转过身兴奋地告诉她,我写到某一段时自我感觉优秀,还会念一段给她听,她听了,竟不评论,没有鼓励的话,只是沉静地微笑,而且,有时她还会把手头所读的一篇作品的某些内容讲一下,那作品是一位同行写的,我没时间读,也并不以为对我有什么参考价值,不怎么耐烦听母亲介绍,母亲自然是觉得写得挺好,但她也并不加些褒扬的话语，她就是沉静地给我客观讲述，毫不啰唆，具有点穴的效应。后来《钟鼓楼》得了茅盾文学奖，那时母亲已到成都哥哥家住，我写信向他们报喜，母亲也很快单独给我回了信，但那信里竟然只字未提我获奖的事，没什么祝贺词，但语气沉静地嘱咐了我几件家务事，都是我在所谓事业有成而得意忘形时最容易忽略的。

2000年第三次去巴黎，又去罗浮宫看达·芬奇的《蒙娜丽莎》。在众多的观赏者中，我忽然产生了一个非常私密的感受，那就是蒙娜丽莎脸上的表情并不一定要概括为微笑，那其实是神圣的沉静，在具有张力与定力的静气里，默默承载人生的跌宕起伏、悲欢聚散、惊险惊喜。那时母亲已仙去12年，我凝视着蒙娜丽莎，觉得母亲的面容叠印在上面，继续昭示着我：无论人生遭遇到什么，不管是预料之中还是情理之外，沉静永远是必备的心理宝藏。

美丽的藩篱

1954年春天,我12岁,在北京隆福寺小学上学,有一天,学校停课,老师带领我们到猪市口大街南边参加义务劳动。那一片地方现在广为人所知,就是中国美术馆所在。记得那一年还没有修建中国美术馆,只是拓宽马路,好把从朝阳门、东四到沙滩一直通往西四的道路疏贯。工人师傅们已经把那一片地方的房屋拆卸得差不多了,参加义务劳动的人们只需把一些未及清理的砖瓦碎木集中到指定的地方去。

到了工地,只见早已有很多大人在其中忙碌。那时我系着红领巾,在老师的带领下干得满头大汗,一身是灰,却满心高兴,生怕落后。

且说我正忙着把一摞砖头抱到指定的集中点去,忽然看到了我的妈妈,吃了一惊。因为清晨妈妈给我热早点时,并没有说起到这地方参加义务劳动的事呀!但是我很快也就想明白,一定是我上学以后,街道上才通知居民们来义务劳动,各方齐心协力,把那片拆迁地的清理工程抢完。妈妈年轻时当过小学教师,后来却成了家庭妇女,并热心于街道工作。看得出来,在工地上,妈妈的角色就像我们的班主任老师一样,从工地指挥部那儿领到具体任务后,带领我们家所在的钱粮胡同海关宿舍的居民们,去指定的区域清场;她细致分工、身先士卒,大家兴高采烈地干了起来。妈妈当时年过半百,相当胖,干起搬运杂物的粗活自然十分吃力,脸涨得通红,可是浑身溢出春风,仿佛是一种难得的享受。我家自1950年从重庆迁到北京以后,眼见着北京市政府疏浚什刹海、翻修下水道、增铺自来水设施、开辟一条又一条的公共汽电车线路……爸爸妈妈提起来总是赞不绝口,现在能亲自参加提高首都生活品质的工作,妈妈那种心甘情愿的劲头,自然体现在每一个动作里。

我望见了妈妈,而且,妈妈一定也望见了我,我除了没有大声地呼唤她,整个儿的表情身姿都在拼命地朝她显示:嘿!我在这儿啦!可是,令我非常失望、并且惊诧的是,妈妈眼光从我身上掠过时,却仿佛是看到一个她并不认识的孩子,倒也不是冷淡,她脸上分明有着微笑,然而那只是看到任何一个参加义务劳动的少先队员时都有的微笑,而不是我所期盼的那种看到她最心疼的幺娃儿的特殊笑容!我几次试图接近她,并且频频以夸张的肢体语言以期引起她的关注,然而她却依然不给我哪怕只是表情上的一个小小的特殊回报！惶急中，我一个趔趄，跌倒在地，磕破了腿，我恨恨地望着那边的妈妈，心想难道你还不来管我吗？可是，她却直起腰来，耐心地跟一位去问她什么事的老大爷解释起来……班主任老师赶过来，扶起我，并且忙带我去找卫生站清洗伤口、涂红药水。

当时的我，怎么也弄不明白，妈妈为什么在义务劳动的工地上不格外地关照我。那天从学校回到家里，妈妈正在厨房里烧我最爱吃的豆瓣鲫鱼……晚饭前，她仔细查看了我腿上磕破的地方，说不要紧的，又嘱咐我先洗个脸再吃饭，晚上要洗个澡……晚上洗了澡，我忙着赶作业，也就没有问妈妈，为什么在那工地上，她对我视而不见？

这事我始终没有追问她。其实越到后来，越用不着问。这类的事后来经常出现，都很细小，形态不一，含蓄微妙，然而如雪花飘落积累，使我的认知越来越澄澈清明，那就是，妈妈一再地在我生命的活动空间中，设置出无形的藩篱，使我懂得，藩篱的一边，是我们温馨的家，在这个区域中，我尽可享用亲情，悠游自在，甚或无妨偶尔撒娇使性；而藩篱的另一边，是公众社会，以及他人所在，我要从小懂得，在公众社会中不可仗恃或依赖亲情温恤，并且他人一般来说不可能、也无义务给我以"幺娃儿"式的宠溺优待，我必得一天天地长大成人，应尽早习惯于在公众社会中奉献，学会与他人耐心磨合，艰辛劳作，独立生活！

当然，爸爸和妈妈是同样的态度，但他总是很忙，我17岁离家独立生活以前，给我以深重影响的，是妈妈。她为我设置的藩篱，是无形而美丽的。这是她给予我的最重要的精神遗产。我的人生已过中途，回顾往事，我有过许多的错失，有时甚至是重大的失误，然而，托庇于妈妈给我的教养，我从来没有犯过公私不分，或人我不分的错误，并且，我总是能像她那样，把自家藩篱内的东西贡献给藩篱外的社会和他人时，只觉得欢愉，而视任何将藩篱外的公家或他人的东西据为己有为奇耻大辱。1988年，电脑在中国还是相当珍奇的东西，一位大款朋友送了我一台电脑，以助我写作，我毫不犹豫地将那电脑给了当时我任职的单位，恰在那一年，妈妈不幸在成都仙逝，我在流泪祭奠妈妈时，心中告慰她说：您为我设置的人生藩篱，我要再传给您的孙子，那将是常青的藩篱！

楸树花

我不知道为什么现在北京很难见到楸树。这是一种容易栽培,而且可以笔直生长到20米高,顶部形成一柄大绿伞的树木,无论作为庭院树还是行道树,它都非常适宜。我在北京老宅里,见到过用楸木雕刻的垂花门以及制作的太师椅,还听说这种木材特别耐湿,雨淋水泡都不会变形。但我对楸树形成特别深刻的印象,则是上小学时,有一回跟妈妈、姐姐走到隆福寺的一棵大楸树下,我抬头一望,高兴地叫了起来:"哈!多大的牵牛花啊!"已经上中学的姐姐就抢着告诉我:"不是牵牛花,是曼陀罗花!"妈妈笑了,蔼然地告诉我们:"牵牛花和曼陀罗花都是草本植物,哪儿会开在这高大的乔木上。不错,这花看上去确实有点像它们,但你们仔细多端详一会儿吧,看清楚了吗?它张开的花顶像是两片对称的嘴唇,牵牛花却像浑圆的喇叭,而曼陀罗花则像个漏斗。这是楸树花。很好看,不是吗?"

隆福寺这个地名现在还在,而寺庙已荡然无存,那株大殿旁的楸树，也不知捐躯何处。我对那株楸树，特别是初夏它枝叶间簇簇淡红的双唇花，却永难忘怀。还有一个难忘的原因，是在那棵树下，我挨过打。

我上小学的时候，每天都要穿过隆福寺去上学。另外不少同学也如此。那时隆福寺的殿堂大都兼作库房，通道旁都设满摊档，是个每天都营业的百货市场。放学后，跟一群男生在寺里跑来跑去，看热闹，做游戏，是最开心的事。班上有个男生，脑壳较小，两只招风耳却很大，因为家里经济条件差，退学到寺里摆摊卖袜子。有一阵，我们还在上学的男生，由个头最大的铁拳领头，放学后总要到那袜子摊前骚扰一番。铁拳当然是个绰号。班上男生大都有绰号，并且公开喊来叫去。男生也偷偷给某些女生取绰号，只是不敢公开当面使用。大多数绰号并不怎么难听，我有时也就随着叫。但铁拳给那卖袜子的同龄人取的绰号发音是比基多耳，意思是比男人裤裆里的那东西多两只耳朵，他往往离袜子摊很远就开始怪叫，不少同学应和着，还非要人家答应他。我跟铁拳他们一起玩藏猫猫、拍洋画儿、弹玻璃球什么的，都挺自如。可是，到袜子摊起哄，就不大愿意，至于叫人家那样的绰号，心里就更梗着一道堤坝了。记得在那么一个夏天，铁拳发现了我坚决不跟着叫那绰号的行径，就逼到我跟前，非让我也那么呼叫。当时他怎么想的，我至今难以透解，但在我来说，却非常清楚自己为什么叫不出口。铁拳把我身子推到楸树粗大的树干上，揪住我的脖领，怒吼，逼我叫，我被迫仰头，恰好看见簇簇盛开的楸树花，妈妈的面容叠现在那些花朵上，我就气喘吁吁地告诉铁拳："我妈妈不许我骂人。"他鄙夷地朝我咧嘴，骂着粗话，顺手用他那铁拳重重地击了我腮帮一下，我嘴里立刻有了咸味……

那回的事情是怎么收场的？记不清了。总之，我没有把铁拳打我的事告诉妈妈也没告诉老师，而且，第二天铁拳也还照样叫着我玩，而我也就还跟他们一起藏猫猫。后来有一回班会上，老师说："咱们班女生没有骂人说脏话的。男生么……"点出我的名来，表扬说，"他就从来不骂人不说脏话。"我后来基本上一直保持着这样一种语言习惯。现在我提及此点并不是想自我表扬。只是酽酽地追念起我那早已先后去世的父母，特别是跟我在一起生活得最久的妈妈，他们对子女的绝不能骂人说脏话的要求，是融合在无数类似指点楸树花那样的言传身教里的。我长大成人以后才懂得，我是获得了一种尊重每一个平凡生命的教养。

我的父母都是很平凡的知识分子，终其一生没有立下过值得社会忆念的功业。许多年过去，我鬓发已白，在一次展览会上，忽然有个人叫出我的名字，我望了他半天，才从他那对似乎永不会改形的招风耳上认出了他，他握住我的手以后，问出来的头一句话是："伯母还康健吗？"我不及回答，他又说，"你早忘了吧？……我还记得，你说是你妈妈不许你骂人的……就在隆福寺的那棵大楸树底下……失学后我一直心窄……那回如果你也随他们叫了，也许今天你就见不着我了！"啊，他还忆念着我妈妈，其实他们并没谋过面啊！楸树花楸树花，我泪眼里全是你的光华！

跟陌生人说话

父亲总是嘱咐子女们不要跟陌生人说话,尤其是在大街、火车上等公共场所,这条嘱咐在他常常重复的还有千万不要把头和手伸出车窗外面等训诫里,一直高居首位。母亲就像安徒生童话《老头子做事总是对的》里面的老太太,对父亲给予子女们的嘱咐总是随声附和。但是母亲在不要跟陌生人说话这一条上却并不能率先履行,而且,恰恰相反,她在某些公共场合,尤其是在火车上,最喜欢跟陌生人说话。

有回我和父母亲同乘火车回四川老家探亲,去的一路上,同一个卧铺间里的一位陌生妇女问了母亲一句什么,母亲就热情地答复起来,结果引出了更多的询问,她也就更热情地絮絮作答,父亲望望她,又望望我,表情很尴尬,没听多久就走到车厢衔接处抽烟去了。我听母亲把有几个子女都怎么个情况,包括我在什么学校上学什么的都说给人家听,急得直用脚尖轻轻踢母亲的鞋帮,母亲却浑然不觉,乐乐呵呵一路跟人家聊下去;她也回问那妇女,那妇女跟她一个脾性,也絮絮作答,两人说到共鸣处,你叹息我摇头,或我抿嘴笑你拍膝盖。探亲回来的路上也如是,母亲跟两个刚从医学院毕业分配到北京去的女青年言谈极欢,虽说医学院的毕业生品质可靠,你也犯不上连我们家窗外有几棵什么树也形容给人家听呀。

母亲的嘴不设防。后来我细想过,也许是,像我们这种家庭,上不去够天,下未堕进坑里,无饥寒之虞,亦无暴发之欲,母亲觉得自家无碍于人,而人亦不至于要特意碍我,所以心态十分松弛,总以善意揣测别人,对哪怕是旅途中的陌生人,也总报以一万分的善意。

有年冬天,我和母亲从北京坐火车往张家口。那时我已经工作,自己觉得成熟多了。坐的是硬座,座位没满,但车厢里充满人身上散发出的秽气。有两个年轻人坐到我们对面,脸相很凶,身上的棉衣破洞里露出些灰色的絮丝。母亲竟去跟对面的那个小伙子攀谈,问他手上的冻疮怎么也不想办法治治?又说每天该拿温水浸它半个钟头,然后上药;那小伙子冷冷地说:"没钱买药。"还跟旁边的另一个小伙子对了对眼。我觉得不妙,忙用脚尖碰母亲的鞋帮。母亲却照例不理会我的提醒,而是从自己随身的提包里,摸出里面一盒如意膏,那盒子比火柴盒大,是三角形的,不过每个角都做成圆的，肉色，打开盖子，里面的药膏也是肉色的，发散出一股浓烈的中药气味；她就用手指剜出一些，给那小伙子放在座位当中那张小桌上的手，在有冻疮的地方抹那药膏。那小伙子先是要把手缩回去，但母亲的慈祥与固执，使他乖乖地承受了那药膏，一只手抹完了，又抹了另一只；另外那个青年后来也被母亲劝说得抹了药。母亲一边给他们抹药，一边絮絮地跟他们说话，大意是这如意膏如今药厂不再生产了，这是家里最后一盒了，这药不但能外敷，感冒了，实在找不到药吃，挑一点用开水冲了喝，也能顶事；又笑说自己实在是落后了，只认这样的老药，如今新药品种很多，更科学更可靠，可惜难得熟悉了……末了，她竟把那盒如意膏送给了对面的小伙子，嘱咐他要天天给冻疮抹，说是别小看了冻疮，不及时治好抓破感染了会得上大病症。她还想跟那两个小伙子聊些别的，那两人却不怎么领情，含混地道了谢，似乎是去上厕所，一去不返了。火车到了张家口站，下车时，站台上有些个骚动，只见警察押着几个抢劫犯往站外去。我眼尖，认出里面有原来坐在我们对面的那两个小伙子。又听有人议论说，他们这个团伙原是要在3号车厢动手，什么都计划好了的，不知为什么后来跑到7号车厢去了，结果败露被逮……我和母亲乘坐的恰是3号车厢。母亲问我那边乱哄哄怎么回事？我说咱们管不了那么多，我扶您慢慢出站吧，火车晚点一个钟头，父亲在外头一定等急了。

母亲晚年，一度从二哥家到我家来住。她虽然体胖，却每天都能上下五层楼，到附近街上活动。她那跟陌生人说话的旧习不改。街角有个从工厂退休后摆摊修鞋的师傅，她也不修鞋，走去跟人家说话，那师傅就一定请她坐到小凳上聊，结果从那师傅摊上的一个古旧的顶针，俩人越聊越近：原来，那清末的大铜顶针是那师傅的姥姥传给他母亲的，而我姥姥恰也传给了我母亲一个类似的顶针。聊到最后的结果，是那丧母的师傅认了我母亲为干妈，而我母亲也就把他带到我家，俨然亲子相待，邻居们惊讶不止，我和爱人孩子开始也觉得母亲多事，但跟那位干老哥相处久了，体味到了一派人间纯朴的真情，也就都感谢母亲给我们的生活增添了丰盈的乐趣。

母亲84岁谢世，算得高寿了。不仅是父亲，许多有社会经验的人谆谆告诫——不要跟陌生人说话，实在是不仅在理论上颠扑不破，因不慎与陌生人主动说了话或被陌生人引逗得有所交谈，从而引发麻烦、纠缠、纠纷、骚扰，乃至悲剧、惨剧、闹剧、怪剧的实际例证，太多太多。但在母亲84年的人生经历里，竟没有出现过一例因与陌生人说话而遭致损失的事例。这是上帝对她的厚爱,还是证明着即使是凶恶的陌生人,遭逢到我母亲那样的说话者,其人性中哪怕还有萤火般的善,也会被煽亮?

父母都去世多年了。母亲与陌生人说话的种种情景,时时浮现在心中,浸润出丝丝缕缕的温馨。但我在社会上为人处世,却仍恪守着父亲那不要跟陌生人说话的遗训,即使迫不得已与陌生人有所交谈,也一定尽量惜语如金,礼数必周而戒心必张。

让我们架起心灵的立交桥

前两天在地铁通道里,听到男女声二重唱的悠扬歌声,唱的是一首我青年时代最爱哼吟的《深深的海洋》:

深深的海洋,

你为何不平静?

不平静就像我爱人,

那一颗动摇的心……

歌声迅速在我心里结出一张蛛网,把我平时隐藏在心底的忧郁像小虫般捕粘在上面,瑟瑟抖动。走近歌唱者,发现是一对中年盲人。那男士手里,捧着一只大搪瓷缸,不断有过路的人往里面投钱。我在离他们很近的地方站住,想等他们唱完最后一句再给他们投钱。他们唱完,我向前移了一步,这时那男士仿佛把我看得一清二楚,对我说:"先生,跟我们说句话吧。我们需要有人说话,比钱更需要啊!"那女士也应声说:"先生,随便跟我们说句什么吧!"

我举钱的手僵在那里再不能动。心里涌出层层温热的波浪,每个浪尖上仿佛都是母亲慈蔼的面容……母亲的血脉跳动在我喉咙里,我意识到,生命中一个超越功利防守的甜蜜瞬间已经来临……

从抖腿到凝神

我小时候绝非神童而是顽童。四五岁的时候,在重庆,父母常带我和兄姊去看厉家班的京剧。厉家班是抗日战争时期陪都最出色的戏班。"重庆谈判"的时候,毛泽东和蒋介石并坐观赏过厉家班的演出。但那时候我看不懂京剧,在哐哐哐的锣鼓声中,坐在大人膝上,兴奋莫名而已。8岁时随父母到了北京,新中国有了新剧场和新式演出。有趣的是,父母都很适应京剧的新式台风,我却偏冥顽不灵。有回他们带我去看戏,我在座位上扭股糖似的不安生,哼哼唧唧地无理取闹:"我要看茶壶嘛!怎么老没茶壶嘛!"原来旧式京剧演出,主要演员唱完一段或数段,就会有一位穿长衫的人端着一个小茶壶,出来喂歇气的演员饮茶润喉,行话叫"饮场"。虽说京剧是大写意的虚拟手法,但"饮场"毕竟破坏了剧情的连贯,而且,你想想,无论是即将碰碑的杨继业,还是带枷发配路上的苏三,观众正同情他们的悲惨遭遇,却忽然一段唱完有人来给他们喂茶,如此享受,作何解释?除了"饮场",旧时还有"检场",比如《三堂会审》,苏三跪下前会有穿长衫的人为她放下软垫,终于唱完站起来后那人又会出来取走软垫。我小哥很早就是票友,攻梅派青衣,他在家里自排《三堂会审》,我就总盼着当"检场"的给他放椅垫,后来他很不耐烦,翘起右手食指"嘟"的一声将我斥退。

看京剧,起初我只爱看三种剧目。一种是开打的,《三岔口》那种"冷打"不甚喜欢,最喜欢的是锣鼓喧天中满台扎靠背旗摆翎的武生花面,耍着大刀斧钺双锤双锏,激战得不亦乐乎,而且当中还一定穿插许多小兵的筋斗连翻,每当锣鼓顿止,台上诸战将凛然定格亮相,我也会和大人内行一样使劲鼓掌。第二种是旦角戏,但《武家坡》那种青衫贫相的旦角不懂得欣赏,《贵妃醉酒》那样的宫妆又觉得累赘,最喜欢的是《凤还巢》里程雪娥那类的装扮,头上许多饰物在灯光下闪烁如星,更有那衣衫上绣出的大朵牡丹或七彩珍禽艳丽夺目,如有这样的"嬢嬢"(刚到北京还不习惯使用"阿姨"一词)贯穿全出,则剧情已在其次,小小的心,完全被其华光异彩所魅惑。第三种是剧情层次分明的"整戏",如《三打祝家庄》,有悬念,有跌宕,小孩子也能看得明白。

十来岁的时候，跟家长去看戏，大体上坐得住了，但如果是沉闷的折子戏，前后剧情不明，只有一个衣衫素净的老旦或老生在台上咿咿呀呀许久，我不耐烦，左腿便不由得连续抖动，母亲一般总坐在我左边，她就会眼睛盯住台上，右手默默地按住我的左腿，或者更轻拍几下，以示制止，有一回我仍顽固地抖腿，她忍不住侧过头来，轻声责备："幺幺，不可以！"那时的剧场基本上都是铁木结合的连体椅，我的抖动，使附近坐席上的观众也感觉到了，妨碍他们静心赏戏。记得那回观戏到家，父母跟我郑重地讲了一番道理，大意是无论看得懂看不懂，要尊重演员的演出和同场观赏的人士，而且，艺术这个东西，你以一份虔诚的尊重进入，久而久之，原来不知其味，可以渐渐品出醇厚的美味。在父母兄姊的指点带动下，我不但逐渐改掉了在剧场里抖腿的臭毛病，像边看边吃零食呀，非把没喝完的汽水带回座位、一不留神把搁在脚下的瓶子碰倒滚动咣当当响呀，没到半场休息就非要挤出大半排去如厕呀，等等行为，也都逐渐克服。到十三四岁的时候，以欣赏京剧来说，我算得上基本入门了。像老旦戏《傅氏发配》、骐派老生戏《徐策跑城》、场面并不华美热闹而心理冲突细腻复杂的《二堂舍子》……我都能凝神观赏、品出味道了。

现在影视网络文化发达，像在露天或体育馆里举办的歌星大型演唱会，我也将其划入此类视听文化的范畴，古典意义上的剧场演出，相对式微，京剧和其他戏曲都不够景气，连"大剧场话剧"也比较萧条，"小剧场话剧"虽然活跃却又"星火"难以"燎原"，倒是音乐会、芭蕾舞等品种较为热络，但以我身临现场的感受，总难获得一个"虔诚尊重"的欣赏氛围，不管演出前怎样广播提醒，演出时总有手机彩铃声响起、闪光灯明灭；有的年轻恋人是观赏为次欢聚为主，或演出间进进出出，零食不断，或坐席上姿态做派不雅；有的年轻父母望子女成龙成凤，却又不会教育指点，台上音乐偶像献艺，台下幼龙雏凤比抖腿还要嬉皮。

愿以母亲留下的一句话勉励自己，并供大家参考：要跟爱惜每一篇字纸一样，珍惜这辈子亲眼看到的每一场演出。

谢幕与终曲

至今回想起母亲在剧场演出结束后,那样重视演员谢幕的表现,还不禁感动。

她不仅会随着大家一起鼓掌,微笑地仰望着走到台沿谢幕的演员,还总是嘴里喃喃有词,发出些感叹赞扬,仿佛人家会听得见似的。她总属于把掌声坚持到最后,直到幕布合拢再不掀开,才意犹未竟地离场的那批铁杆戏迷之一。不等回到家中,在公共汽车上,她就会抿着嘴笑,跟家里人宣布:"今天谢幕六次啊。真精彩呀。"或者说,"别看今天谢幕才三回。其实也很了不起。"她很少有对演出不满意的时候,当然,那也是因为剧目是我们自己选择的。父亲只爱看京剧,母亲除了京剧,其他剧种比如评剧、曲剧、河北梆子也都喜欢,而且也很爱看话剧,我小时候跟母亲进剧场观剧的次数最多。

母亲重视演员谢幕,当然首先是对演员有一份浓酽的尊重。她说过嘛,应该像爱惜每一篇字纸那样,珍惜每一回观看到的演出。但那也绝不仅仅是一种理性支配下的礼貌。母亲有感悟艺术的天性。记得十几岁的时候跟她去看中国青年艺术剧院演出的契诃夫名剧《万尼亚舅舅》，孙维世导演的，金山主演。那出戏展现的生活和人物不仅离我那样一个中国少年极其遥远，其实与一直都没有走出过国门的母亲也很隔膜，但是幕布一拉开，记得第一幕布景是19世纪俄罗斯外省农庄花园一隅，穿西服的绅士和穿拖地长裙的淑女慢条斯理地在台上活动着，从树荫下的长餐桌上银闪闪的大茶炊里接茶喝，说着一些很平淡的话。我开始真有些"猪八戒吃人参果不知其味"，不知不觉左腿抖动起来，母亲感觉到了，用右手轻按我左腿膝盖，轻声在我耳边说："看他们多不顺心啊！"母亲这一句提示，竟让我一下子捕捉到了此剧的情调，我像母亲一样专注地观看，渐渐从那些似乎平淡的对话里，听出了味道，小小的心于是琢磨起来；景色那么美，穿的、吃的、住的那么好，可是这些人为什么那么不快活？……当然，整出戏演完，我也不能说真看懂了什么。演员谢幕的时候，母亲照例感动地久久鼓掌，我也跟着鼓掌。回家的有轨电车上，我跟母亲说："这戏好。"母亲问："好在哪里？"我就说："万尼亚舅舅跟他侄女儿索尼娅说：你的头发真美。索尼娅说：一个人长得不美的时候，人们就会安慰她,你的头发美……"母亲微笑了,笑得像缓缓开放出一朵花,说:"能记住这么几句台词,也不枉你看了这么一出戏,他们也不枉演了这么一场啊。"

戏如人生,人生如戏,这话太老了。其实还可以说些"年轻话"——戏吸引人恰是因为不尽如人生,而人生的诡谲其实远非任何戏剧可比。现在回想起母亲带我看戏的种种情景,忽然憭悟:观戏的最大意义和乐趣,是在人生中镶嵌进一些"美丽的停顿"。

母亲带我看了戏,也熏陶出了我的文明习惯。母亲仙去多年了,现在我进剧场不多了。但一旦去剧场观剧,我总是提前进场,中途绝不"抽签",我最见不得那些未到幕落就站起来撤退的看客,我总是以真诚的鼓掌和仰望来对待演员谢幕,离开剧场回家的途中,我会回味那些最打动我的片断。

西方古典歌剧正式开幕前,往往会有好几分钟的序曲。多数西方电影的最后,是一边放映详尽的演职员表字幕,一边响起终曲,有时终曲会是一首很长的歌,像好莱坞大片《泰坦尼克号》的主题曲,就不是穿插在情节流动当中,而是放在最后字幕走动时,由席琳·迪翁深情唱出。许多中国观众还不习惯在电影院里静坐到全部字幕走完欣赏完终曲再离座,有的影院甚至也不待拷贝彻底走完便停止放映,一些人士在家里看光盘,就更不耐烦听电影的终曲了。记得3年前我在巴黎蓬皮杜文化中心里看一部法国电影,故事结束后黑底子的字幕走动了大概有五六分钟,但只有少数观众离场,多数人都静坐在座位上欣赏那伴随着字幕的终曲。我置身在异国他乡的那种情景中,忽然想起了母亲,想起来了她虔诚地对待演员谢幕,我更加铭心刻骨地意识到:沉浸于艺术,是我们人生之旅中"美丽的停顿"。

鸡啄米

妈妈把我写作叫作"鸡啄米"。

一

一次去西郊,看望宗璞大姐。闲谈中,她提及1981年夏天,我在兰州给她画像的事,说那张画儿她仍保留着。那是一幅方形的水彩画,画的是宗璞大姐在未名湖畔,背倚一株大树,借着朝霞和湖光,读一册厚书。她的女儿小玉说我画得挺像。儿童不会恭维,可见的确捕捉到了一点大姐的神韵。大姐随之问我,从什么时候开始喜欢画水彩画的。

我便告诉大姐,大约是上初中一二年级的时候,当时才十二三岁(我5岁上小学,所以比一般初中一二年级的学生小),因为受到家里的熏陶,开始热爱文学艺术,除了如饥似渴地阅读能拿到手的文艺书籍外,我还常以两种游戏自娱,那头一种,便是自己"编辑""出版"文艺杂志。

记得"出版"期数最多的,是用小32开白纸横向装订,里面的文字中除了附有钢笔画的插图,封面上总画有一幅水彩画,那刊名便叫《斜坡》。

宗璞大姐听我这么一回忆,笑了,因问我:"怎么给你的杂志取这么个怪名字呢?"

说真的,我也记不清究竟为什么要取这么个怪名字了。从宗璞大姐处回来不久,我应约给一家杂志写创作随感录,不禁袭用了20多年前的这个刊名《斜坡》,并在其中写道:

斜坡,
上攀艰难,
下滑容易。

似乎很有点哲理性——但这其实是年过40岁后的我才有的感慨,在那十二三岁的烂漫岁月,我是不可能有这类思维的。

仔细地回忆,那《斜坡》的第一期,封面上似乎画着一道开满鲜花的斜坡,上面站着一个梳辫子的小姑娘,怀中抱着一大束鲜花。也许,我当时是先图而后题,因为画一道斜坡,所以就将那"刊物"命名为《斜坡》了。嗯,想来就是那么回事儿。

听到我说这些事,也许有人认为我是个创作天才,但只要我把"底细"一露,便"真相大白"。

那《斜坡》杂志封面上的水彩画,全非创作,而是从杂志上登的图画、照片中模仿而来的。即如刚才所说的"创刊号"的封面画,记得便是照着当时的一本苏联儿童画报《木乐济尔卡》中的彩色插图,"依样画葫芦"搞出来的——唯一的"独创性",不过是把那抱花小姑娘的头发从黄色变成黑色而已。

里面的"作品"呢?大体上是三类。一类是把我读过而喜欢的小诗、小文,照抄上去,当然,还署原作者的名字,但附上我为他们制作的拙劣的插图,这当然很有偷窃版权之嫌;另一类是我根据自己看过的电影,编写的类似"故事梗概"那一类文字,这回可就署上自己的"笔名"了(记得用过的这类"笔名"有杨弟、赵壮汉、陆离、文质彬等等),好像"创刊号"上的那篇,便是苏联电影《雾海孤帆》的故事;第三类才是我自己独立写出的东西,幼稚不堪,敷衍成篇,以至今天我回忆时,头两类的"作品"尚可忆及一二,这一类的"作品"除了几个题目外,竟毫无印象可寻了。

这需说明的是:里面的字迹并不那么工整,而我的画技,也始终未达到入门的水平。总之,那些玩意儿实在近乎胡闹。

虽是胡闹,到24岁那年,遇上了大家都遇上过的赶紧烧"罪证"的劫难,《斜坡》之类自然便荡然无存了。

也没什么可惜的。现在想起来,只是一笑。

但我对文学艺术的痴迷症,却是从那时染上而至今未愈的。

二

谁一定要我走上文学创作之路么?换句话说,谁启发了我走上文学创作之路呢?

没有。

然而,说到底,我痴迷于文学艺术,又确确实实出于家庭的熏陶。

父亲书架和枕边乃至枕下的那些中国古典小说、笔记、野史……对我难道不是一种引诱吗?

母亲说起《红楼梦》,如数家珍,由我家桌上的一盘菜可以联想到"脂粉香娃割腥啖膻",又可以随时回答我们诸如周瑞家的和秦显家的是什么关系之类的问题……对我难道不是一种渗透吗?

大哥在家信中不时夹带他的诗作;二哥在迷恋照相印相

时将他的一幅侧影与钢笔、白云之类放大叠印,戏题为"作家之梦";小哥哥说话中不时使用脂砚斋《评石头记》的词句引人发噱,什么"实有其人,实有其事""草灰蛇线,伏延千里";姐姐从东北农机学院回北京过暑假,居然整整几天靠在床上读大本的苏联翻译小说《大学生》《收获》《远离莫斯科的地方》……凡此种种,难道对我不也是一种启迪吗?

三

少年的心,天上的云。

中学阶段,我曾有过许多的梦想。并不是只想搞文学艺术,因为班上有一些同学体育上很行,有的在全国速滑比赛中夺到名次,有的学校准假到外地去参加举重比赛,引动得一大批同学,包括我这种那时其实是瘦弱多病的男生,都一度迷恋于体育事业。于是在我的床头,普希金和罗曼·罗兰的画像竟被挤到了一边,而陈镜开、黄强辉、赵庆奎这些当时的举重明星照片竟占据了中央位置……不过那也仅是一阵旋风,现在想起来,真忍俊不禁。

就是在文学艺术这个领域里,我首先选择的,也并不是文学。

上面讲过，我少年时代曾迷恋于两种游戏，一种游戏是"编辑出版"文艺杂志；另一种呢？便是"自编自导自演自观"戏剧。怎么个搞法？将我家的椅子，当作一个舞台，用一些铅丝、碎布、头巾，构成前幕、侧幕、天幕，然后或自己画，或从画报上剪，弄出一些房宇呀、树木呀之类的"景片"，还用手电筒"布光"，于是乎便可"开演"了。"演员"有时连纸人都不是，就用一些玩旧了不成套的积木片儿，依据我的想象，用手把它们挪来挪去，这个要把那个打死，于是嘴里一声"砰"，手指便扳倒一个，另一个则晃三晃——因为他后悔不迭，心中发虚，等等。那时已有十三四岁了，这样一个人玩，从旁看去，大约近乎疯癫，然而我就那样度过了许多课余时光。

再大一些，不这么玩了。不再是随父母兄姊去剧场观剧，而是自己一个人去了。那时我家离首都剧场不远，因此我几乎看过那一时期北京人民艺术剧院上演的每一个剧目，从最优秀的剧目到演过就算的剧目，有的还不止看过一遍。比如，我记得那时我就至少看过5次《雷雨》，有一回大约是饰繁漪的吕恩病了，结果原来饰鲁妈的赵韫如改饰繁漪，这样我就在很近的时间内既看了赵韫如饰鲁妈又看了她饰繁漪，印象之中，我以为她饰繁漪更为出色，我不明白为什么导演却认为她在正常情况下只能饰鲁妈。

高三毕业后,我去中央戏剧学校一试,居然好意思报导演系。记得初试时我朗诵了鲁迅的《狂人日记》和郭沫若《女神》集中的一首短诗,我激动得要命,末了主考教师不得不首先对我说:

"你干吗那么使劲地嚷呢?"

但是初试的500多名考生经过筛汰后,留下的30来个可以复试的考生中,仍然有我。

我的小品考砸了。主考教师给我一盏马灯,让我设计一个小品。我一直生活在城市里,娇生惯养,我连马灯该怎么点燃都弄不清。我只好请求他们另给我出一个题目。结果心慌意乱中,我连那个本来与我生活相近的题目也没做好。如果不心慌意乱呢?我大概也做不好。我没有考取。很长的时间里,我都把这件事隐蔽起来,说实在的,我有一种羞耻感。

现在我已步过中年。失败过的事太多了。我终于懂得,在事业的道路上,失败不仅不是羞耻,而且恰恰值得珍视。

我一般不在文章中引用先哲的话,不为别的,只是因为我看时下许多文章中总爱引用若干先哲先贤的话,为避免文章写法与人雷同,我便尽可能一句也不引。但此时此刻我却不能不将曾在我灵魂中烙下很深印迹的这句罗曼·罗兰的话录在下面:

累累的创伤便是生命给予我们的最好的东西,因为在每个创伤上面,都标志着前进的一步。

四

我从初中三年级起便试着给报刊投寄稿件。

我已经记不清都投寄过些什么。总之,不是投给"中学生征文"或"幼苗"一类的专栏,而是大摇大摆地作为成年人向报刊投寄"正式"的作品。

屡投屡退。

那时候,刘绍棠已经成为知名作家,王蒙的《组织部新来的年轻人》正引起强烈反响,我们的文坛上正孕育着、发生着许多惊心动魄的事,而我对这些事的了解却处于鸿蒙未开的混沌状态。唯一的一次接近成功的情况,是《少年文艺》杂志把我寄去的短篇小说《旗手》打了回来,但附有一封手写的编辑部信件,提了几条意见,让我修改。那个短篇大约是写一次少先队的中队活动,登香山"鬼见愁",中队旗不慎掉到了悬崖边,于是两名护旗手一个表现出惊慌胆小,另一个则勇敢地爬到悬崖边取回了队旗。

1958年在钱粮胡同35号院里（那一年发表了第一篇文章）

素材倒是取自我们班上的一次少先队活动，但写得非常幼稚。我兴冲冲地修改了一遍，满怀希望地寄回了编辑部。记不清是石沉大海还是终于退了回来，总之是没有刊出，自然很伤心。

伤心归伤心，投稿仍未中断。

到了1958年，我上到高二的时候，才终于在当时的《读书》杂志登出了一篇文章：《谈〈第四十一〉》。寄稿子去时我没说自己是还在上学的中学生，只写了家庭地址。结果编辑部大约以为我是个有修养的成年人，登出后寄给我刊物时，附信请我"不吝赐稿"。我当然"不吝"，但寄去的稿子一定令他们哑然失笑——他们看出我不过是个一知半解的少年人,因此都婉辞退回了。我朦胧地意识到,归根结底每个人还得从自己的实际情况出发。又过了一年,我不再装成大人样了,我以中学生的面目给刚创刊不久的《北京晚报》副刊《五色土》寄小稿子。我寄去了个小小的快板剧本《王大妈让房》,内容是表现街道上办托儿所没有房子,一位王大妈主动让出了自己的私房,供办托儿所用。编辑部给退了回来,但在油印的统一格式的退稿信下面,一位编辑顺笔写了几句话,大意是说:你写得挺生动。但报纸不宜提倡公占私房。你是否另写点别的试试。我很快就"另写"了几首儿童诗寄去,结果其中一首很快便登了出来,编辑并写信告诉我另两首也留下备用,后来不但用了那两首,还陆续登出了我接着寄去的几篇"一分钟小说"。

后来《北京晚报》副刊召开业余作者座谈会,把我也请去了。至今我仍然非常感激《北京晚报》的那几位同志:王纪刚、顾行、刘孟洪(他们在粉碎"四人帮"后,《北京晚报》复刊时,又回到原有岗位上辛勤工作)。他们见到我只是一个17岁的不谙世事的中学生时,既不惊讶也不歧视,既不吹捧也不苛求,平等待我,一视同仁,他们使我从少年时代便确立了这样一种信念:编辑部取舍稿子只看质量,而并不把资历、地位、名气、背景搁在头里，因此只要我严肃认真地写稿，投寄去便有可能刊出。

到1966年夏天，《北京晚报》被当作"反党喉舌"被迫停刊了，我大约在上面发表了50篇文章，属于"一分钟小说""一夕谈""儿童诗篇""影剧随感录"散文、散文诗等不同的类别。此外也在《人民日报》《光明日报》《中国青年报》《大公报》等报刊上发表了一些散文、小小说、杂文、小品、剧评。

现在偶尔从旧报纸上看见这类"豆腐块"我总不免脸红。确确实实脸红。

穿开裆裤的照片。就是那么个性质。

然而，我就是这么开始我的写作活动的。多么卑微，多么简陋。

"你看你，又'鸡啄米'！"那时候，我还没有离开家独立生活，妈妈看见我伏案写稿，总不免调侃地说，"你这样'鸡啄米'还要啄到几时啊！"

的确，笔在稿纸上一格一格地移动，那动势，那笔尖摩擦纸面的声音，都令人联想到鸡从地上啄食米粒。

真没想到，我现在竟成了专业"啄米"的"鸡"。啄到几时？怕很难停止了！

小颗颗

1950年,我8岁,随父母从重庆乘轮船顺长江而下,过三峡,出夔门,开始了盆地外的人生跋涉。

父亲原是旧重庆海关的职员。新海关创建后,他被留用。留用不久,重庆海关撤销,父亲被北京的新海关总署调去任职,这就连带着使我们全家从此成了北京人。

父亲那时对新社会的新生活,特别是分配给他的新工作,充满了喜悦与热情。他要求全家跟他一起轻装进发,到北京开创一种崭新的家庭面貌。所以,由他做主,除了最必要的衣物,我们家几乎把所有原有的家当都抛在了重庆。我的玩具,当然更在弃置之列。不过临到上船以前,我固执地把一盒"小颗颗"抓到了手中,任凭父母劝说、兄姐讪笑,硬是不松手,当然,后来大人们也就随我去,因为严格地计算,那时我毕竟才7岁半。我所谓的"小颗颗",是一种现在仍在生产的玩具,也就是插画积木,在扁盒子里,是一个有许多均等小格子的插盘,刚买来时,插盘里左边约三分之

1949年全家福,再一年告别重庆

一的格子里,会满插着染成红蓝黄绿几种颜色的长方形小木柱;在附带的说明书上,有若干种样板图案,教给你如何挪动那些彩色小木柱,变化出有意义的画面,如在海上行驶的巨轮、在天上飞翔的凤凰,等等;当然,你更可以发挥自己的想象力,也不必一定要用上所有的小木柱,自由自在地插出种种你向往的事物。这种玩具现在无论从制作材料上和设计创意上都有了很大的改进,并且已属于比较落伍的品种了吧,但当时于我来说,摆弄它,那真是无可替代的极乐。

我把那玩具变着法儿插了个心满意足之后,便开始了我个人的一种独特的玩法：我把那些彩色的小木柱称作"小颗颗"，而且，在我眼里，它们一个个逐渐地都变成了有生命的东西。有时候，我就取出若干"小颗颗"，把它们放在盖好的盒盖上，把它们——不，是他们或她们——排列组合，挪来挪去，嘴里还念念有词，或想象着那是在举行一场婚礼，红的"小颗颗"扮新娘，蓝的"小颗颗"扮新郎，其他一些"小颗颗"则分别是父母带我参加过的婚礼上的，我所能理解的其他角色；又或者是想象出在幼稚园里，黄的"小颗颗"是阿姨，许多绿的"小颗颗"则是小朋友，有的乖，有的不乖，乖的得到很甜的糖吃，不乖的被一边罚站……亲爱的"小颗颗"们啊，我怎么舍得把你们抛下？即使那时我也很兴奋地闹着要快点去了不起的北京城。

在驶出重庆的轮船上，除了吃饭睡觉，我几乎总跟我的"小颗颗"形影不离。

由于"小颗颗"是我最钟爱的东西，所以按说玩了那么久，那么多的小木柱，总有百来个吧，任是爱惜，也难免弄丢几个吧；我却始终一个也不缺少。记得在重庆家里常常是不慎将盒子打翻，"小颗颗"滚了一地，我便会极认真地将他们一一拣拾清点。有一回有一颗怎么也找不到，我竟急得哭了起来，但晚上我终于还是爬到棕绷子大床底下，找到了

"她"(那是红色的一颗),我高兴得就仿佛肩膀后面长出了肉翅一般!

好像是在宜昌,船要停靠比较久的时间,父母便带我们上岸去玩。我竟还是固执地带着我的"小颗颗"随行。比我大8岁的姐姐讥笑我说:"哪个会偷你的'小颗颗'啊!怕是送给别人,人家还懒得要呢!"我和姐姐之间再没别的兄姐,所以她算是最接近我的玩伴了,也只有她还有心嘲笑我,家里其他大人早就失却了议论我那"小颗颗"的兴致。

那天从宜昌城里玩完,到码头登船的时候,具体是为什么,我已经说不出来了,反正,轮船是改停在了江心,归船的旅客们,不是像下船那样,从跳板即可上船,而是要乘小木船,渡到那大轮船边上,再爬舷梯登船。

我们全家和另一些旅客,同乘一只木船,往那大船而去。我清楚地记得,母亲牢牢地把我揽在怀中,她的体温,传递给我一种安全感。也许是船上人多,船舷压得低,江上的浪波,似乎随时要涌进船舱;我那时的身躯,应不及现在的一半大,因之我眼里的江景,便格外地雄奇。记得那已是黄昏时分,天色晦明,耸起的浪头,仿佛是露着牙的狗头,一浪接一浪,又似朝船里咬来,又似朝远处跑去;而更高的,简直是望不到顶的青黛真山,在那边承接着连绵不断的江浪，令我小小的心，充塞着神秘与惊恐……

就在那一天，那个傍晚，那条木船上，在母亲的怀抱里，我做了一件事：我取出了一粒绿色的"小颗颗"，将他抛到了江浪中……

那是真的，还不满8岁的我望着那抛出去的"小颗颗"，默默地在心里说：这就是我！我要看你，"小颗颗"，会怎么样……

怎么样了呢？记得，那"小颗颗"开头总在船边的一个浪峰上，显得很渺小，很害怕地，晃荡着……后来，他就被运到了另一个浪头上；再后来，他越过一个又一个浪头，离我远去；没多久，便不见踪影……

当时，我为什么要那样做？至今我仍不能完全地解释自己。

然而这个小小的举动，这江上的一幕，那瞬间的记忆，历经几十年了，至今鲜活于我记忆的空间。

后来我才懂得，"小颗颗"是木质的，他排开水的那份重量，大于他的自重，因此他不下沉，然而，那"小颗颗"，也便是我，能在江浪中壮游多久呢？世界是那么大，生活是那么复杂，前途是那么诡谲莫测，而他自身是那么渺小，那么脆弱，那么单纯，能适应么？能成熟起来么？能坚强起来么……

"小颗颗",绿色的"小颗颗",他后来究竟哪儿去了?他会被一条鱼吞进肚子里,最后那鱼被人捕获,破肚开膛时,吓那家庭主妇一跳,或博餐馆厨师一笑么?他也许根本没有荡远,没过几时,便被抛到了岸边的沙滩泥涂里,夹杂在卵石中,烂掉……当然,他也有可能,顺江而下,历经曲折艰险而又威武雄壮的途程,最后竟终于跟随着那浃浃江浪,奔入浩瀚的海洋……

当然,这都是我告别童年时代以后,在我生命历程的某个得以沉思默想,特别是从记忆深处拎出一些仍有营养的"草料"来反刍的间隙里,常有过的叩问与思绪。

是的,现在我坚信"小颗颗"没有被吞噬也没有委身泥沙,他应当仍在潮流中挣扎,既因渺小而不能不随潮飘荡,却也因他是有心灵的存在物而拼命地朝着自己寻求的方向涌进;随着时代的主潮而终于进入大海,于他来说并非是一种妄想,乃是一种值得赞许的既甜蜜也酸辛的努力……

到了北京以后,那盒只少了一粒的"小颗颗"的玩具,我还保存了很久。大约是在1960年,我父亲调往张家口解放军外语学院任教,父母把北京的家撤了,搬往那塞外古城,他们只给我准备了一只人造革包皮箱子,还有一个被褥卷,让我住进学校的集体宿舍,去独自生活。大概那时我才终于抛弃了我所保存的那些童年与少年时代的杂物，包括那盒"小颗颗"。

人在一生中，是必得一再地做减法的。整盒"小颗颗"的减去，实在也只是微不足道的一件事。我后来减掉过更多似乎是很有纪念意义的东西，都不足惜。

只是心灵深处的记忆不能减掉。永远记得那个傍晚，我把一粒"小颗颗"抛进浩荡江浪中的情景。我与那"小颗颗"，是一是二？

忆及此，我心中充溢着对命运的敬畏，也勃动着与命运抗争的激情。

硬木棍

上小学的时候,有一回老师发了火,要打我和另一位男孩子的手心,但他忘了带戒尺,于是乎大喝一声:

"滚出去!自己找一根棍子来!"

我们就滚出教室去了,各自找棍子。

教室后面是一个废园,杂草之中有丛丛灌木。我认认真真地找棍子。最后认定了一丛灌木的一根枝条,那根枝条捋掉了叶子后光光的、圆圆的、直直的,符合"棍子"的定义。然而我怎么也撅不断它——它那饱含汁液的枝干和相当坚韧的外皮就是不肯完全断裂,我几乎使尽了全身力气,并且沁出了满额的汗珠,还蹭破了手上的肉皮,最后一个屁股墩跌下去,才总算让它断离。

我拿着那根枝条回到教室,发现老师正在打那位与我同罪的男孩,用的是一根很细很脆的树枝,随着击打连连断落,引得满室同学发出强忍不住的笑声。当那位同窗哭丧着脸走回座位时,我上前将自己找来的棍子递到老师手中,前排的几位女同学先忍不住"嗤"地笑出声来,结果迅即地引出一个哄堂——因为大家都看出来,我为自己挨打找来了一根货真价实的硬木棍!

至今回想起来,我还为自己的这一行为感到莫名的惊诧——我为什么会那样呢?

倘是写小说,我往下写时或许会这样设计:老师接过那根硬木棍棍,望了望,忽然改主意,不打我了……然而那天存在过的事实是,老师毫不含糊地就用那根硬木棍抽打了我的手心,足足20下,使我疼得钻心,并且手心肿起老高,很多天后才平复下去。

上中学的时候,有一天班主任老师严肃地说:"全班同学必须每四个人组成一个家庭学习小组,每天晚上集体复习功课,哪位同学家里有条件开展小组活动,请举手!"

我毫不犹豫地举起了手。因为我想我家有一张八仙桌,正好四个人围着复习功课。

老师派定了三位同学到我家。晚饭后,我把八仙桌拖到了屋子当中——它原是靠墙放的;并且准备好了四杯热茶。三位同学到了,他们的眼神也许有点异样,但当时我没注意到;我以为我们小组的活动开展得很好。

第二天他们也来了。正讨论数学习题,忽然一位男同学小声问我:"刚才那倒茶的,是你家保姆?"

"哪里!"我告诉他,"是我妈!"

我心里头有了点不愉快。我记得我当着他们的面叫过"妈"的。我妈妈当时穿得比较差,因为她每天要给爸爸和我做三顿饭,而我家是很注重吃的,她大量时间泡在厨房里,烟熏火燎的,所以没必要穿好看的新衣服,其实她是有那样一些衣服的,去亲友家做客时她才穿,我知道的。

复习完数学,一位女同学又小声问我:"你们家怎么连沙发都没有呢?"

是没有沙发。我也不知道爸爸妈妈为什么不买沙发。那是他们的事。

临到他们都走的时候,另一位男同学又小声问我:"你们家怎么不养点鱼呀什么的?"

这我就更答不上来了。

后来知道别的家庭学习小组都没能坚持搞下去,我们小组也就散了。班主任说话仍然那么严肃乃至于严厉。但对于这些小组解体,他并没有追究。

我很少到同学家串门。过了挺长一段时间,我才去了那三位同学家。一位男同学家是个独门独院,他自己有独立的住房,在他家不仅可以开展小组活动,甚至可以把全班同学请去聚会。另一位男同学家光客厅就足有28平方米，并且有好大的一个"水族箱"（当时还不知道这种称呼，我叫成"大方玻璃鱼缸"），里面有百十条五颜六色、形态各异的热带鱼在欢快地遨游。那位女同学家有整整一圈皮沙发，坐在那些皮沙发上讨论功课是非常惬意的，聊闲天更是神仙般的感受。然而当班主任老师问"哪位同学家有条件开展小组活动"时，他们都懂得谦虚谨慎，只有我狂傲地举起了手来——仅仅因为我家小小的两间屋子里有一张陈旧的八仙桌。

中学最后一年的头一个学期，班主任老师说要召开一次家长会，发给每个同学一张通知单，我回到家就把那通知单交给了我妈妈。

那次家长会定在一个星期日召开。我妈妈去了。她很胖，走路移动步子很迟缓，可是她一步步地挪到学校去了。结果那一次家长会只到了两位家长。本来定在教室开，人太少，班主任老师便把两位家长请到他宿舍中去坐着聊。那位家长似乎并没聊出什么，主要是我妈妈聊。我妈妈说话很慢，同她走路一样地迟缓，然而她一句跟着一句地对班主任倾诉，倾诉我在家里闹脾气的种种情况。

回想起来，我在那一阶段，内心莫可名状的骚动确乎超出了同龄人，爸爸妈妈不理解我，连我自己也不能认知自己。我在学校里面,当着老师、同学,是安静的、温柔的、羞涩的、不引人注意的,然而在家里,我却会无端地烦躁、粗暴、哭闹,以至于弄得邻居们也都怪讶我的表现,使爸爸妈妈除了承受我直接给予的刺激外,还要承受邻居们的鄙夷目光、窃窃私议乃至于当面讥评,所以妈妈主动积极地去赴家长会,并且不以到会人奇少而生遗憾,反以能同班主任老师尽兴倾诉而感荣幸,就一点也不奇怪了。我妈妈是一个天性良善、毫无城府的人,并且她一生中从未减退过对我的挚爱,我知道她向班主任老师倾诉一切绝无"告状"心理,她纯朴地认为班主任老师可以帮助我克服存在的问题。

谁想妈妈的这一行动给我带来了毁灭性的后果。班主任老师从此认定我是一个"两面派"。那位当时在场的家长回家后自然把听到的情况当作一桩新闻,学舌给了她的儿子,她那儿子即我的同窗自然很快又把我的笑话和丑态传达给了别的同学,这就不仅使我从此后脊梁添了遥戳的手指,并且使班上的团干部认定我绝无资格入团,其中情绪最激烈者甚至认为我"品质恶劣"。这就导致了我毕业时的操行评语十分不雅,并影响了我在高考中的命运。

现在回想起来,也实在没有什么好抱怨的。我那时在家中确实有过若干荒唐的表现,比如我非要把八仙桌四边蒙上布单,自己钻进去独坐,想象自己是在一个深邃的地洞中,可以派生许多的奇遇;爸爸妈妈觉得我幼稚不堪,让我出来,我不干,他们撤布单,我就跟他们吵闹,等等。当时的班主任和团干部们,不可能从生理、心理、性格、气质等角度出发,理解我疏导我,他们一律归结为思想意识问题、道德品质问题,那是很自然的。

现在仍令我自己惊讶的,是我明明知道妈妈去开家长会可能会暴露出我的另一面目,我怎么会毫不犹豫地将家长会通知书交给了她?并且她去赴会时乃至赴会回来后,我为何一直麻木不仁?倘是编小说,我不会把那次家长会写成只有两位家长到会的——那会被认为"情节设计不合理"——然而事实就是那样的,可见当时并不存在着一种压力,使同学们觉得必须把通知书交给家长——我敢说一定有许多同学根本就没把通知书交给父母,而有不少家长,看到通知书也并不以为应当来开那次的家长会,因为离毕业还有差不多一年呢;总之我又成了一个大傻帽,就同那回找了一根硬木棍交给老师打自己手心一样,也跟那回只因为家里有一张八仙桌便举手让人家来我家搞小组活动一样。

这些往事,不知怎的在脑海中浮现了出来。

我感到害臊。但,无悔。

冰心·母亲·红豆

前些日住在远郊的朋友R君来电话,笑言他"发了笔财",我以为他是买彩票中奖了,只听他笑嘻嘻地卖关子:"我找到一大箱东西,要拿到潘家园去换现!"潘家园是北京东南一处著名的旧货市场,那么想必他是找到了家传的一箱古玩。但他又怪腔怪调地跟我说:"跟你有关系呢!咱们三一三十一,如何?"这真让我丈二和尚摸不着头脑。

说笑完了,R君又叠声向我道歉。越发的扑朔迷离了!

R君终于抖出了"包袱",原来,是这么回事:5年前,我安定门寓所二次装修,为腾挪开屋子,把藏书杂物等装了几十个纸箱,运到R君的农家小院暂存,装修完工后,又雇车去把暂存的纸箱运回来,重新开箱放置。因是老友,绝对可靠,运去时也没有清点数量,运回来取物重置也没觉得有什么短少,双方都很坦然。没曾想,前些时R君也重新装修他那农家小院,意外地在他平时并不使用的一间客房床下,发现了我寄存在他那里的一个纸箱,当时那间小屋堆满了我运去的东西，往回搬时以为全拿出来了，谁都没有跪到地上朝床下深处探望，就一直遗留在那里。R君发现那个纸箱时，箱体已被老鼠啃过，所以他赶忙找了个新纸箱来腾挪里面的东西，结果他就发现，纸箱里有我二三十年前的一些日记本，还有一些别人寄给我的信函，其中有若干封信皮上注明"西郊谢缄"。起初他没有在意，因为他懂得别人的日记和私信不能翻阅，他的任务只是把本册信函等物品垛齐装妥。但装箱过程中有张纸片落在地上，他捡起来一看，一面是个古瓶图画，另一面写的是：

心武：

　　好久不见了，只看见你的小说。得自制贺卡十分高兴。我只能给你一只古瓶。祝你新年平安如意。

冰心十二，廿二，一九九一

他才恍悟，信皮上有"西郊谢缄"字样的都是冰心历年寄给我的信函。

R君绝非财迷，但他知道现在名人墨迹全都商品化了。

他在一家网站上,发现有封我26年前从南京写给成都兄嫂的信在拍卖,我照他指示去点击过,那封一页纸的信起拍价1080元,附信封(但剪去了邮票),信纸用的是南京双门楼宾馆的,我放大检视,确是我写的信,虽说信的内容是些太平话语,毕竟也有隐私成分,令我很不愉快。估计是二哥二嫂再次装修住房时,处理旧物卖废品,把我写给他们的信都弃置在内了,人生到了老年,就该不断地做减法,兄嫂本无错,奇怪的是到处有"潘家园",有"淘宝控",善于化废为宝,变弃物为金钱。R君打趣我说:"还写什么新文章?每天写一页纸就净挣千元!"我听了哭笑不得。但就有真正的"淘宝控"正告我:这种东西的价值,一看品相,二看时间久远,离现在越远价越高,三看存世量,就是你搞得太多了,价就跌下来了,最好其人作古,那么,收藏者手中的"货"就自动升值……听得我毛骨悚然。

R君"完璧归赵"。我腾出工夫把那箱物品加以清理。不仅有往昔的日记,还有往昔的照片,信函也很丰富,不仅有冰心写来的,还有另外的文艺大家写来的,也有无社会名声但于我更需珍惜的至爱亲朋的若干来信。我面对的是我30多岁至50多岁的那段人生。日记信函牵动出我<u>丝丝缕缕</u>

五味杂陈的心绪。

这个纸箱里保存的冰心来信,有12封,其中一封是明信片,三封信写在贺卡上,其余的都是写在信纸上的。最早的一封,是1978年,写在那时候于我而言非常眼生的圣诞卡上的——那样的以蜡烛、玫瑰、文竹叶为图案的圣诞卡,那时候我们国家还没有印制,估计要么是从国外得到的,要么是从友谊商店那种一般人进不去的地方买到的——"心武同志:感谢你的贺年片。你为什么还不来?什么时候搬家?冰心拜年十二、廿六、一九七八"。我寄给她的贺年片上什么图案呢?已无法想象。我自绘贺卡寄给她,是20世纪90年代后的事了。

检视这些几乎被老鼠啃掉的信件,我确信,冰心是喜欢我,看重我的。她几乎把我那时候发表的作品全读了。"感谢您送我的《大眼猫》,我一天就把它看完了。有几篇很不错,如《大眼猫》《月亮对着月亮》等。我觉得您现在写作的题材更宽了,是个很好的尝试。"(1981年11月12日信)"《如意》收到,感谢之至!那三篇小说我都在刊物上看过,最好的是《立体交叉桥》,既深刻又细腻。"(1983年1月4日信)"看见报上有介绍你的新作《钟鼓楼》的文章,正想向你要书，你的短篇小说集就来了，我用一天工夫把它从头又看了一遍，不错！"（1984年11月18日信）1982年我把一摞拟编散文集的剪报拿给她，求她写序，她读完果然为我的第一本散文集《垂柳集》写了序，提出散文应该"天然去雕饰"，切忌弄成"镀了金的莲花"，是其自身的经验之谈，也是对我那以后写作的谆谆告诫。20世纪90年代后我继续送书、寄书给她，她都看，都有回应。

大概是1984年左右，有天我去看望她，之前刚好有位外国记者采访了她，她告诉我，那位外国记者问她：中国年轻作家里，谁最有发展前途？她的回答是：刘心武吧。我当时听了，心内感激，口中无语，且跟老人家聊些别的。此事我多年来除了跟家人没跟外界道出过，写文章现在才是第一次提及。当年为什么不提？因为这种事有一定的敏感性。那时候尽管"50后"作家已开始露出锋芒，毕竟还气势有限，但"30后""40后"的作家（那时社会上认为还属"青年作家"）势头正猛、海内外影响大者为数不少，我虽忝列其中，哪里能说是"最有发展前途"呢？我心想，也许是因为，20世纪初的冰心，是以写"问题小说"走上文坛的，因此她对我这样的也是以"问题小说"走上文坛的晚辈，有一种特殊的关照吧。其实，那时候的冰心已经过八望九，人们

拜望冰心(1990年)

对她,就人而言是尊敬有余,就言而论是未必看重。采访她的那位外国记者,好像事后也没有公布她对我的厚爱。那时候国外的汉学家、记者,已经对"伤痕文学"及其他现实主义的作品失却热情,多半看重能跟西方现代主义、后现代主义接轨的新锐作家和作品。而在引导文坛创作方向方面,冰心的话语权极其有限,中国作家协会领导层的几位著名评论家那时具有一言九鼎的威望。比如冯牧。他在我发表《班主任》《我爱每一片绿叶》后对我热情支持寄予厚望,但是在我发表出《立体交叉桥》后就开始对我摇头了。正是那时候,林斤澜大哥告诉我,从《立体交叉桥》开始,我才算写出了像样的小说,冰心则赞扬曰"既深刻又细腻",但是他们的肯定都属于边缘话语。在那种情况下,我如果公开冰心对我的看好,会惹出"拉大旗做虎皮"的鄙夷。只把她的话当作一种私享的勉励吧。

现在时过境迁。冰心已经进入20世纪的历史。虽然如今的"80后""90后"也还知道她,她的若干篇什还保留在中小学教材里嘛,但她已经绝非"大旗"更非"虎皮",一个"90后"这样问过我:"冰心不就是《小橘灯》吗?"句子不通,但可以意会。有"80后"新锐作家更直截了当地评议说,冰心"文笔差",那么,现在我可以安安心心地公布出,一位80多岁的"文笔差"的老作家,认为一位那时已经40出头的中年作家会有发展,确有其事。

冰心给我的来信里偶尔会有抒情议论。如:"……这封信本想早写,因为那两天阴天,我什么也不想做。我最恨连阴天!但今天下了雪,才知道天公是在酿雪,也就原谅他了。我这里太偏僻,阻止了杂客,但是我要见的人也不容易来了,天下事往往如此。"(1984年11月18日信)

显然，我是她想见的客人。1990年12月9日她来信："心武：感谢你自己画的拜年片！我很好。只是很想见你。你是我的朋友中最年轻的一个，我想和你面谈。可惜我不能去你那里，我的电话……有空打电话约一个时间如何？你过年好！"如今我捧读这封信，手不禁微微发抖，心不禁丝丝苦涩。事实是，我20世纪90年代后去看望她的次数大大减少，特别是她住进北京医院的最后几年，我只去看望过她一次，那时坐在轮椅上的她能认出人却说不出话。那期间有一次偶然遇上吴青，她嗔怪我："你为什么不去看望我娘呢？"当时我含糊其辞。在这篇文章后面，我会做出交代。

我去看望冰心，总愿自己一个人去，有人约我同往，我就找借口推脱。有时去了，开始只有我一位客，没多久络绎有客来，我与其他客人略坐片刻，就告辞而退。我愿意跟冰心老人单独对谈。她似乎也很喜欢我这个比她小42岁的谈伴。真怀念那些美好的时光，我去了，到离开，始终只有我一个客，吴青和陈恕（冰心的女儿女婿）稍微跟我聊几句后，就管自去忙自己的，于是，阳光斜照进来，只冰心老人，我，还有她的爱猫，沐浴在一派温馨中。

常常跟冰心谈到我母亲。母亲王永桃出生于1904年，比

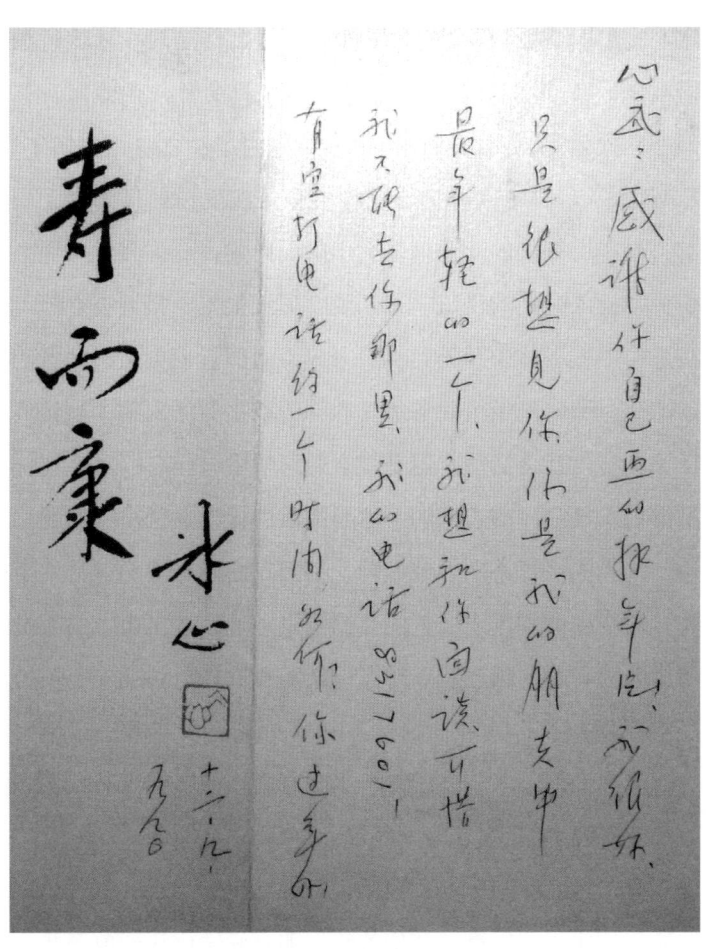

冰心写在贺卡上的信

冰心小4岁。一个作家的"粉丝"(这当然是现在才流行的语汇),或者说固定的读者群,追踪阅读者,大体而言,都是其同代人,年龄在比作家小5岁或大5岁之间。1919年5月4日那天,冰心(那时学名谢婉莹)所就读的贝满女子中学,母亲所就读的女子师范大学附属中学,有许多学生涌上街头,投入时代的洪流。母亲说,那天很累,很兴奋,但人在事件中,却并未预见到,后来成为中国近代史上的"五四运动"。那时母亲由我爷爷抚养,爷爷是新派人物,当然放任子女参与社会活动。但是母亲的同学里,就有因家庭羁绊不得投入社会,而苦闷的。冰心那以后接连发表出"问题小说",其中一篇《斯人独憔悴》把因家庭羁绊而不得抒发个性投入新潮的青年人的苦闷,鲜明生动地表述出来,一大批同代人读者深受感动。那时候母亲随我爷爷居住在安定门内净土寺胡同,母亲和同窗好友在我爷爷居所花园里讨论完《斯人独憔悴》,心旌摇曳,当时有同窗探听到冰心家在中剪子巷,离净土寺不远,提议前往拜访。后来终于没有去成。母亲1981年至1984年跟我住在北京劲松小区,听说我去海淀拜访冰心,笑道:"倘若我们那时候结伙找到剪子巷,那我就比你见到冰心,要早六十几年哩!"我后来读了《斯人独憔悴》,没有一点共鸣,很惊异那样的文笔当时怎么会引出那样的阅读效果。母亲还跟我谈到那段岁月里读过的其他作家作品，她不止一次说到叶圣陶有篇《低能儿》，显然那是她青春阅读中最深刻的记忆之一。我直到现在也还没有读过叶圣陶的这个短篇小说。一位"80后"算得"文艺青年"，他当然知道叶圣陶，也是因为曾在语文课本里接触过，但离开了课文，他就只知道"叶圣陶那不是叶兆言他爷爷吗"。在时光流逝中，许多作家作品就这样逐渐被淡忘。

自从冰心知道母亲是她的热心读者以后，每次我去了，都会问起我母亲，并且回忆起她们曾共同经历过的那些时代的一些大大小小的事情。我告别的时候，冰心首先让我给我母亲问好，其次才问我妻子和儿子好。回到家里，我会在饭后茶余，向母亲诉说跟冰心见面时聊到的种种。冰心赠予的签名书，母亲常常翻阅。记不得是在哪篇文章里，反正是冰心在美国写出的散文里面抒发她的乡愁，有一句是怀念北京秋天的万丈沙尘。母亲说这才是至性至情之文。非经过人道不出的。现在人写文章，恐怕会先有个环境保护的大前提，这样的句子出不来的。冰心写这一句时应该是在美国威尔斯利女子大学或附近的疗养院，那里从来都是湖水如镜、绿树成荫。

1983年9月17日冰心的来信："心武同志：你那封信写得太长了。简直是红豆短篇。请告诉您母亲千万别总惦着那包红豆了,也不必再买来。你忙是我意中事。怎么能责怪你呢?你也太把我看小了。现在你们全家都好吧?孩子一定又上学了?你母亲身体也可以吧?月前给你从邮局(未挂号)寄上散文集一本,不知收到否?吴青现在在英国参观,10月下旬可以回来。问候你母亲!"事情过去27年了,我现在读着这封信只是发愣。红豆是怎么回事?从这信来看,应该是母亲让我把一包红豆给冰心送去,而我忙来忙去(那时候我写作欲望正浓酽,大量时间在稿纸上爬格子码字,要么到外地参加"笔会",那一年还去了趟法国),竟未送去,于是只好写信给冰心解释,结果写得很长,害得她看着很累,她说成短篇小说了,恐怕是很差的那种短篇小说。红豆,一种可以煮粥、做豆沙馅的杂粮,另一种呢,则是不能吃而寄托思念的乔木上结出的艳红的豆子,多用来表达恋人间的爱情,也可以推而广之用来表达友人间的情谊。母亲嘱我给冰心送去的,究竟是用来食补的一大包红小豆,还是用来表达一个读者对作者敬意的生于南国的一小包纪念豆(我那一年去过海南岛似乎带回过装在小口袋里的红豆)?除非吴青那里还存有历年人们写给冰心的信函,从中搜检出我那"红豆短篇",才能真相大白,我自己是完全失忆了。但无论如何,冰心这封回信是一位作家和她同代读者之间牢不可破的文字缘的见证。

母亲最后的岁月是在祖籍四川度过的。1988年冬她仙逝于成都。1989年2月17日冰心来信:"心武同志:得信痛悉令慈逝世!你的心情我十分理解!尽力工作,是节哀最好的方法。《人民文学》散文专号我准备写关于散文的文字,自荐我最有感情的有篇长散文《南归》,不知你那里有没有我的《冰心文集》三卷?那是三卷305~322页上的,正是我丧母时之作。不知你看过没有?请节哀并请把你家的住址和电话告诉我。"

1987年年初我遭遇到"舌苔事件"。1990年我被正式免去《人民文学》杂志主编职务。我被"挂起来",直到1996年才通知我"免挂"。冰心当然知道我陷窘境。上引1990年年底那封信,体现出的不止是所谓老作家对晚辈作家的关怀,实际上她是怕我出事情。我那时被机构里一些有权有势的人视为异类,在发表作品、应邀出国访问等事项上屡屡受阻。他们排斥我,我也排斥他们。我不再出席任何他们把持的会议和活动。即使后来机构改换了班子,对我不再打压,我也出于惯性,不再参与任何与机构相关的事宜。我在民间开拓出一片天地。我为自己创造了一种边缘生存、边缘写作、边缘观察的存在方式。20世纪90年代初,我只能尽量避开那些把我视作异类甚至往死里整的得意人物,事先打好电话，确定冰心那边没有别人去拜望，才插空去看望她一下。冰心也很珍惜那些我们独处的时间。记得有一回她非常详尽地问到我妻子和儿子的状态，我告诉她以后，她甚表欣慰，她告诉我，只要家庭这个小空间没有乱方寸，家人间的相濡以沫，是让人得以渡过难关的最强有力的支撑，有的人到头来挨不过，就是因为连这个空间也崩溃了。但是，到后来，我很难找到避开他人单独与冰心面晤的机会。我只是给她寄自绘贺卡、发表在境外的文章剪报。我把发表在台湾《中时晚报》上的《兔儿灯》剪报寄给她，那篇文章里写到她童年时拖着兔儿灯过年的情景，她收到马上来信："心武：你寄来的剪报收到了，里面倒没有唐突我的地方，倒是你对于自己，太颓唐了！说什么'年过半百，风过叶落''青春期已翩然远去'，又自命为'落翎鸟'，这不像我的小朋友刘心武的话，你这些话说得我这91岁的人感到早该盖棺了！我这一辈子比你经受的忧患也不知多多少！一定要挺起身来，谁都不能压倒你！你像关汉卿那样做一颗响当当的铁豆……"（1991年4月6日信）重读这封来信，我心潮起伏而无法形容那恒久的感动。敢问什么叫做好的文笔？在我挨整时，多少人吝于最简单的慰词，而冰心却给我写来这样的文字！

吴青不清楚我的情况。我跟她妈妈说的一些感到窒息的事一些大苦闷的话她没听到。整我的人却把冰心奉为招牌,他们频繁看望,既满足他们的虚荣心,也显示他们的地位。冰心住进北京医院后,1995年,为表彰她在中国译介纪伯伦诗文的功绩,黎巴嫩共和国总统签署了授予她黎巴嫩国家级雪杉勋章的命令,黎巴嫩驻中国使馆决定在北京医院病房为冰心授勋。吴青代她母亲开列了希望能出席这一隆重仪式的人员名单,把我列了进去。有关机构给我寄来通知,上面有那天出席该项活动的人员的完整名单,还特别注明有的是冰心本人指定的。我一看,那些整我的人,几乎全开列在名单前面,他们是相关部门头头,是负责外事活动的,出席那个活动顺理成章,当然名单里也有一些翻译界名流和知名作家,有的对我一直友善。我的名字列在后面显得非常突兀。我实在不愿意到那个场合跟那些整我(他们也整了另外一些人)的家伙站到一起。在维护自尊心及行为的纯洁性和满足冰心老人对我的邀请这二者之间,我毅然选择了前者。我没有去。吴青后来见到我有所嗔怪,非常自然。到现在我也并不后悔自己的抉择。其实正是冰心教会了我,在这个世道里,坚决捍卫自我尊严该是多么重要!

2010年9月25日　温榆斋

雾锁南岸

随着记忆回到童年,我的空间比例感立即变更,我的视平线离地面不足一米,跟我个头平齐的是家里那几只大鹅,我混在它们里面一起朝花台那边摇摇摆摆而去,它们欢快地叫着,我觉得听明白了它们的话语,是在鼓励我朝前走,不要怕会从花台里爬出来的菜花蛇。

那时候只有大人将我抱起,我才会注意到大人的面容,当我自己在地面上跑来跑去时,我觉得亲切的面容主要是那几只大鹅。我觉得自己跟他们没多大区别,它们似乎也把我视为同类。

"刘幺!莫让鹅啄了你!"一个大人走近我身旁,记忆里没有她的面容,只有她的大手,很粗糙,很有力,握住了我的胳臂,将我拉往她的怀抱,几只鹅兄鹅弟抱怨地扇着翅膀,摇晃着让到一边。

抱起我来的,是我家的保姆彭娘。我在她怀里挣扎着:"鹅才不啄我哩!我要跟它们耍嘛!"彭娘道:"是有点怪吔，这些鹅啄这个啄那个，就是不啄幺娃！不过谨慎点为好啊！”说着彭娘就把我抱进灶房去了，把我放到小竹凳上，哄我说，“幺娃儿乖，帮我剥豌豆，我摆个龙门阵给你听……”

所忆起的这些，都在重庆南岸，那时我家的居所。

那是1946年到1950年，我4岁到8岁期间。我家那时所住的，是重庆海关的宿舍。那栋房子，是两层楼，下面一层，住的是另一家，那家的院门，在下面的一个平面上。我家的院门呢，则在山坡的另一平面上。院门由木头和竹子构成，进了院门，是个小院子，这小院子的右手边，是个几米高的坡壁，坡上有路，从那路上往下跳，按说就能跳进我家，但我家在那坡壁下面，布置了一个花台，花台上种的蔷薇，长成一米高的乱藤，一年里有三季盛开着艳红的蔷薇花，那些粗壮的藤茎上，布满密密的尖刺，令任何一位打算从坡壁上跳下的人望而生畏。就这样，我家右边形成了自然的壁垒。左边呢，我家这个院子的平面，与下面那个平面，又形成了一个落差更大的坡壁，于是安装了篱笆。那栋两层的小楼，下面一层与我们上面一层原来有楼梯相通，因为分给两家，堵死了。那楼耸起在我家的这个小院前面，二层正与小院的平面取齐，但楼体并不挨着坡壁，楼体与坡壁之间，是一道

1947年在重庆南岸的全家福

深沟，雨后会有溪流冲过，平时也有深浅不一的沟水滞留，那么，我们家的人怎么进入自己的住房呢？那就需要通过一座木桥，桥这头在我家小院，桥那头伸进楼上的一扇门，穿过桥，进入楼里，则是一个比较大的空间，充作饭堂，饭堂前面有门，门外则是一个不小的阳台，从阳台上可以望见长江和嘉陵江的汇合，山城重庆的剪影历历在目。从饭堂往右，有条走廊，走廊里面有三间屋子，有间是摆着沙发的客厅，有间是父亲的书房，尽里面最大的一间，则是卧室，我虽然有自己的小床，但常常要挤到父母的大床上去睡，夜里做噩梦，拼命往父亲脊背上靠，结果给他捂出了大片痱子。那时大哥、二哥都常在外地，小哥和阿姐在重庆城里巴蜀中学住校，父亲每天一早要乘海关筏子过江到城里上班，晚上才回来，因此，大多数时候，那个空间里，只有母亲、彭娘和我。小院尽里面，有三间草房，墙是竹篾编的，屋顶是稻草铺的，一间是灶房，一间彭娘住，一间是搁马桶的，大人要到那里面去方便，我是不用去那里的，我在屋子里有罐罐，彭娘每天会给我倒掉洗净。草房再往里，高高的坡壁下，有一片菜地，彭娘经营得很好，我家吃的菜有一半是在那里自产的。

彭娘到我家帮佣，有很长的历史。大约在1936年父亲从梧州海关调到重庆海关任职，她就从老家来到我家了。据二哥告诉我，那时候我家生活很富裕，住在城里，每晚开饭，要开两桌，除了自家一桌，总有一些同乡坐成一桌来吃饭。那时给彭娘的佣金，是相当可观的。但是1937年抗战爆发以后，生活艰难起来，特别是日本飞机轰炸重庆，使得父亲不得不将母亲和孩子们先转移到成都，再转移到老家安岳。彭娘在我家经济上衰落时，依然跟我母亲兄姊转移各地，相依为命。阿姐告诉我，那期间父亲偶尔会来成都看望家人，但来去匆匆，留下的钱不够用，战时薪酬发放不按时，加上邮路不畅，母亲常常面临无米之炊的窘境，她就记得，有天在昏暗的煤油灯光里，母亲开口问彭娘借钱，彭娘就从她自己的藤箱里，翻出一个土布小包袱，细心打开，好几层，里面是她历年来攒下的工钱，都兑换成了银元，她对我们母亲说："莫说是借。羊毛出在羊身上。甜日子苦日子大家一起过。只是你莫要再生那个从桌子上往下跳的心！"

彭娘规劝母亲不要从桌子上往下跳，是因为那时候，1941年冬季，母亲又怀孕了，那时候父母已经有三子一女，而且还有一个年纪跟大哥相仿的，祖父续弦妻子生下的小叔，跟着母亲在抗战的艰难岁月里颠沛流离，父母实在不想再度生育，只是那时候没有什么避孕措施，不想父亲从重庆往成都短暂探视母亲的几天里，竟播下了我这个种，母亲找来不少堕胎的偏方，可是吃进去就会很快呕出来，于是跟彭娘说起，不如从桌子上猛地跳下，也许就把胎儿流出来了。有天母亲又让彭娘去为她买堕胎药，彭娘从外面回来，跟她说："这回我给你换了个方子！"母亲说："莫是吃了又要呕出来啊！"彭娘热好了那东西，端过去，母亲吃了一惊："这是什么啊？我怎么觉得分明是牛奶呀？"彭娘就说："是我给你买的牛奶！你这么一天天乱吃药，正经饭不吃几口,看你身子还能撑几天!你带着这么一大啪啦娃儿,不把身子保养好,怎么开交?给我巴巴实实喝了它!"母亲说:"只怕喝了也要呕出来!"但是她喝下那牛奶,却不但没呕,还实话实说,"多日没喝过这甘露般的东西了。只怕上了瘾没那么多钱供给!"

于是到了1942年6月,在成都育婴堂街借住的陋宅里,母亲再一次临盆。母亲非常紧张,她对彭娘说:"以前都是在医院,那里边什么都是现成的……"彭娘就"赏"她——四川话把批驳、斥责、讥讽、奚落说成"赏"——"说不得什么以前现在了,抗日嘛,大家紧缩点是应当的!再说了,现在怎么就不现成?七舅母当过护士,我自己也生过娃儿,一锅干净水已经烧滚在那里了,干净的毛巾,消过毒的剪刀,全齐备了,你就安安逸逸生你的就是了!"凌晨,母亲生下了我,接生的是我七舅母,助产的正是彭娘,彭娘后来说:"原准备你出来后拍你屁股一下,哪晓得你一到我手里就哇哇大哭,你委屈个啥啊?"

我的落生,虽在父母计划之外,但既然来了,他们也就喜欢。父亲给我取名,刘姓后的心字,是祖上定下的辈分标志,只有最后一个字需要父亲定夺,父亲那时候支持蒋介石的武装抗日立场,反对汪精卫的所谓"和平路线",就给我取名刘心武,据说彭娘听了头一个赞同,说:"要得!我们幺儿生下来就结实英武,二天当个将军!莫去舞文弄墨,文弱得像根麻秆儿!"她哪里想得到,几十年后,恰恰是这个名字里有"武"字的,没成为将军,倒混成个文人。其实要说名字的"文艺味儿",二哥刘心人、小哥刘心化,都远比我更适合作为作家的署名。

彭娘似乎比父母更宠我。她说我命硬,从小就懂得自卫,才几个月,她把我放在盆里洗澡,我站在盆里,一只手死死拽住她的衣角,不使自己跌倒,"哟吔,这个娃儿,好大气力哟!"多年以后,彭娘说起,还笑得合不拢口。又夸我天生谨慎,说是他们老家乡里,有个娃儿,养活四五岁了,有天口渴,跑到饭桌前,欠起脚,抓过茶壶就对嘴喝,没想到壶里是大人刚灌满的滚水,满壶滚水不容他躲避咕咚咕咚灌进了他食道胃肠里,好好的一个娃儿,竟然就活活烫死了!因此,到我家帮佣以后,对我哥哥姐姐,她从小不忘提醒:吃喝先要弄清冷热,尤其不能把住茶壶嘴就往嗓子眼里灌。但是我呢,彭娘说,怪了,从很小开始,她喂我水喂我饭,明明她已经尝过冷热,是正合适的,那勺子到了我嘴边,我总会本能地用舌尖轻轻地试着舔一下,在确认不烫以后,才肯让她将水将饭喂进我的嘴里;长到四五岁自己能倒茶壶里的水喝了，见到茶壶，总要先小心翼翼地用手指尖触一下，再轻轻摸几下，确证不烫，这才倒在杯子里，小口小口地喝。"哟吔，这个娃儿，心鬼细哟！"彭娘所肯定的我生命的本能，也许确是我存活世上的先天优势。

但是彭娘对我的宠爱，有时达到溺爱的程度，由此引出母亲与她的争议。有一回，我家那几只鹅不断怪叫，彭娘走出灶房去看，我随在她身后，只见我家那篱门外，有个人抛进绳套，要套走最前面的那只鹅，彭娘就冲过去，大声呵斥詈骂："龟儿子！砍脑壳的！"篱门外的人只好收回绳套一溜烟跑掉了，我见状也冲到篱门边，朝外面大声骂："龟儿子！砍脑壳的！"母亲听见人声，这才从屋里出来，站在桥上问怎么回事，彭娘且不报告有贼套鹅的事，而是极其兴奋地向母亲报告说："好吔！刘幺会骂人了吔！"她那样眉开眼笑地赞我大声骂人，令母亲十分诧异。其实我那次骂人，完全是鹦鹉学舌，"龟儿子"还勉强能懂，何谓"砍脑壳的"，实在梦梦然，后来长大了，才知道是咒人遭遇杀头死刑的意思。母亲对我们子女，家教严格的一面里，禁止"撒村"即骂人是头一条，尤其不许说那些涉及性交的污言秽语，这种语言洁癖是否有些过分？依我后来的人生经验，是判定为过分的，使得我在少年、青年时期，因此被一些其实本质不错的同学疏离,我是那样地不能口吐脏话,也使我在自我宣泄时失却了一种偶可使用的利器。后来阿姐告诉我,母亲有次就跟彭娘说,莫教刘幺骂人,他学舌你的"村话",你要制止他才是,彭娘完全不接受母亲的批评,她有她的道理:"村话村话,村里人说话,就那么直来直去,有啥子不好?我看你是离开村子当太太久了,一天洗几遍手,还不是喷嚏咳嗽的,哪里有我经得起打磨!我虽跟着你们也离开村子好久了,到底还在种菜养鹅,时不时说几句村话,心里岂不痛快许多!"母亲听了,也只是笑笑,不过彭娘自己该"撒村"的时候照旧泼辣地"撒村",却不再怂恿我学舌"撒村"。

彭娘深深地融入了我们这个家庭。她和母亲,亲如姊妹,我看惯了她们一起制作泡菜、水豆豉、罐肉肠、晾腊肉,两个人合拧洗好的床单再晾到绳子上……母亲会到灶房和彭娘一起做饭,彭娘会到我们住房里跟母亲一起收拾箱笼、拆旧毛衣、织新毛衣,她们有时会头凑头压低声音说话,一起叹息,或者相对嗤嗤地浅笑。彭娘爱护我们家的每一个人。父亲和大哥是一对爱恨交织的冤家,我在别的文章里写到过,也以他们为原型,将那父子冲突写进了我的长篇小说《四牌楼》里。有一次彭娘煮好了打卤面,大家围着八仙桌吃,大哥顶撞父亲,父亲气得将一碗面摔到地下,喝令大哥:

"滚！"大哥搁下面碗，摇摇肩膀，取下椅背上的外衣，冲出屋子，果然一去不返。父亲盛怒，母亲也不敢马上劝解。那天小哥阿姐都在家。到晚上小哥要找锥子修理什么东西，阿姐要拿剪刀剪劳作（那时有门课程叫劳作课）老师留下的剪纸作业，却都没在以往放这些东西的地方找到，母亲也觉得锥子和剪刀的失踪不可思议，最后还是彭娘供认，她早发现父亲和大哥都像打火石，说不定什么时候就会撞出火花燃起大火，她怕父亲一怒之下会做出不理智的事情。确实，父亲恨大哥恨得牙痒时，放过类似《红楼梦》"不肖种种大受笞挞"那回里贾政那样的狠话，大哥上小学时惹祸被学校开除，父亲曾气得用锥子扎他屁股，所以为以防万一，就把锥子、剪刀等屋里的利器在晚饭前都藏了起来。第二天、第三天……几天以后大哥也没有回来，母亲急得哭泣："他连吃饭的钱也没有，可怎么办啊？"彭娘就悄悄告诉母亲，她预见到大哥可能离家出走，因此，在大哥那搭在椅背上的外衣口袋里，装了好几个银元，"他一时是有钱用的，再说了，他是条能挣到钱的汉子了，你放心，二天他回来，父子和好，你高兴的时候会有的！"母亲说要还她银元，她生气了："难道他们不也是我的儿女吗？"

彭娘确实是我们子女的第二个母亲。她最宠我，但其他的孩子也都疼。那时候小哥阿姐每星期五晚上会从城里回南岸，小哥比我大一轮，玩不到一块儿，阿姐比我大8岁，勉强可以充当我的玩伴。每次阿姐到家前，我都会把一只大橘子，用一只大碗扣住，等她回家以后，让她掀开大碗，感到欣喜。但是次数多了，阿姐渐渐不以为奇，她到家后忙着别的事情，我几次唤她，她都懒得去掀碗，这情况让彭娘发现了，于是，有一次我缠着阿姐催她找橘子，她漫不经心地依然做别的事，彭娘就过去跟她说："妹儿，这回刘幺给你扣了只活老鼠哩！"阿姐不信，马上去掀那只碗，谁知碗一掀开，阿姐和我都惊呆了——碗下扣的是几只艳黄喷香的枇杷果！阿姐高兴得跳起来，彭娘笑道："老鼠变成了枇杷果！"我老老实实地说："咦，我扣的是橘子呀！"阿姐才知道，彭娘用枇杷换去了橘子。那枇杷是头些天客人送给我家的，父母分了一些给彭娘，彭娘说该给我小哥和阿姐留着，母亲说这东西不经放，你就吃掉吧，那时候家里没有冰箱，天气热得快，确实很容易把枇杷放烂，但是彭娘自己舍不得吃，她想出一种土办法，就是把鲜枇杷埋在米缸里，小哥阿姐回家前取出来，果然都还新鲜。那天阿姐觉得有意外收获，小哥得到彭娘为他留的那一份也很高兴。

彭娘给予我小小的心灵，以爱的熏陶。她有"砍脑壳的"一类的骂人的口头禅,也有"造孽哟"一类表示同情、感叹的口头禅。来给我家送水的大师傅,是个哑巴。那时我家没有自来水,吃饭洗衣所需的水,都依靠拉木头大水车的师傅按时供应,大约每隔几天师傅就要来一次,先把那装水的车子停在院子里,再用水桶一桶桶地将水运进灶房间,倒进三只比我身子高许多的大水缸里,水缸装满后,要盖上可以对折打开的木盖子,往往是水注满后,彭娘就拿出几块明矾,分别丢到水缸里,起消毒、澄清的作用,当然,那是我后来才懂得的。送水师傅来了,母亲也会出来招呼,除了付钱,还让彭娘给他盛饭吃,彭娘会给他盛上很大一碗白米饭,米粒堆得高高的,那样的一碗饭叫"帽儿头",彭娘还会给他一碗菜,菜里会有肉。有回送水的师傅吃完要走,彭娘让他且莫走,师傅比比划划,意思是还要给别家送水,彭娘高声说:"你看你那腿,疮都流脓了,也不好生医一医,造孽哟!"就跑到木桥那边住房里,问母亲要来如意膏,亲自给那师傅在创口上抹药,又把整盒的药膏送给师傅。这些我看在眼里,都很养心。只是很长时间里我都想不通,为什么要用"造孽哟"来表示"可怜呀"。

彭娘使我懂得,不仅要爱护人,像我们家养的狗小花、猫儿大黑,还有那群鹅,都是需要怜爱的。小花本是只野狗，被我家收留，它虽然长得很高大，其实胆子很小，彭娘笑话它："贼娃子来了它只知道喘气，贼娃子跑了它倒汪汪乱叫！"虽然小花如此无用，彭娘还是耐心喂它。猫儿大黑一身光亮的紧身黑毛，眼珠常常是绿闪闪的，它的存在，使得我们屋里没有鼠患。鹅儿里最高的那只，我叫它嘟嘟，为什么那样叫？没有什么道理，就喜欢叫它嘟嘟，我跟嘟嘟走到一起，彭娘说我们就像两兄弟。原来我家那蔷薇花台上，甚至三间草房里，常有蛇出没，自从嘟嘟它们长大，蛇都不敢到我家那个空间里活动了，我就亲眼看见，嘟嘟勇敢地把从蔷薇花台上蹿出的蛇，鸽得蜷曲翻腾最后像绳子一样死在那里。

当我在重庆南岸那个空间里度过我的童年时，中国历史正翻动到最惊心动魄的一页。蒋介石在大陆的政权被推翻了，他带着一些人飞到了台湾。在内战爆发以后，我家忽然来了彭娘的儿子，我叫他彭大哥。后来知道，他是为了逃避被驱赶到内战战场上厮杀，躲藏到我家来的。他和彭娘住在草屋里，很少出屋，更很少开口说话。但还是有住在附近的海关人士发现了他，于是父母决定干脆让他大方露面。那时候我已经上了小学，原来读的是不远处的海关子弟学校，父母特意将我转到离家颇远的一所私立小学去读，父亲告诉海关同事，彭大哥是特意雇来接送我上学的。这当然说得通。于是,有一段时间,彭大哥就每天带我去远处上学。

1949年入秋,重庆城开始呈现真空状态,国民党政府和军队撤离了,共产党的解放军还没有开过来。于是发生了"九·二大火灾",我曾有专门的文章描述过,从南岸我家望去,重庆城的大火景象非常恐怖,炙热的火气随风扑向南岸,为了防止意外,彭大哥就拿大盆往我家阳台那边的墙壁上泼水。"造孽啊!"彭娘不让我往江那边多看,将我抱到她住的那间草屋里,搂着我说:"刘幺莫怕!有彭娘就烧不到你们家,伤不到你!"

那段日子,有若干恐怖记忆。除了目击对岸的旷世大火,还有国民党溃军的散兵游勇,时不时乱放枪。有一天彭娘去外面找难买的菜肉去了,家里只有我和母亲,一个穿道士装的人走进我家院子,母亲站在木桥上应付他,他反复指着母亲身后的我说:"太太,你快把那娃儿舍给我吧,兵荒马乱的,你留下是个累赘啊,舍了吧,舍了吧……"我听懂了他的意思,害怕到极点,一只手紧紧地攥住母亲的衣角,只听母亲镇定地说:"师父你快去吧,莫再说了,那是不可能的,请你马上离开。"那道士后来终于转身离开了。彭娘回来,母亲说起这事,彭娘把我揽到怀里,大声"撒村",骂那道士,我这才哇的一声大哭起来。长大了读《红楼梦》,读到甄士隐抱着女儿在街上看过会的热闹,忽然有道士和尚过来,那癞头和尚指着他女儿说:"施主,你把这有命无运、累及爹娘之物抱在怀内作甚?……舍我吧,舍我吧……"我就总不免忆起自己童年时的那段遭际,真乃"阳光之下无罕事",在惊叹之余,又不免因后怕而脊背发凉。

1949年10月1日那天,北京宣布"中央人民政府成立了",我家那时父母小哥阿姐头靠头挤在一台电子管收音机前,听声音不甚清晰的广播。我毕竟还小,不知道就在那一刻,我已被定位为"随时准备着,为实现共产主义而奋斗"的"革命接班人",必须"好好学习,天天向上",努力使自己能尽早戴上红领巾、尽早佩戴上共青团的徽章……

但是直到那一年的10月底,四川才算解放,再过些时候,新政权才接管了重庆海关。父亲被新政权的海关总署留用,调往北京,重庆海关则被撤销。

我完全没有意识到,那是我离别彭娘的时刻。而就在那些天以前,我刚跟彭娘闹过别扭。因为她竟把包括嘟嘟在内的鹅们都宰杀了。我大哭,不肯吃她烧出的鹅肉。彭娘试图用讲童话的方式化解我的愤懑,让我想象嘟嘟它们其实是变成了云朵飘在了天上,但那时我已经8岁,上到了小学三年级,她骗不了我。

全家都兴奋地准备迁往北京。狗儿小花由邻居收养，猫儿大黑由姑妈家收养。我们先要渡江离开南岸，到重庆城里，在姑爹姑妈家里暂住几天，然后会坐上大轮船，抵达武汉后，再乘火车去往北京。我不记得是怎么在大雾弥漫中离开南岸的，也记不清在姑爹姑妈家都经

1949年与阿姐在重庆南岸留影

历了些什么，只记得终于跟大人们上了轮船后，我问母亲："彭娘呢？我要彭娘！"母亲告诉我："彭娘和彭大哥都回安岳去了。你这个没良心的，现在才想起彭娘！那天我们离开南岸，彭娘望着你哭得好造孽，你竟连头也没回，径自蹦蹦跳跳地随小哥阿姐他们往渡轮上去了！"我这才意识到，彭娘的体温，再传递不到我小小的身躯了！望着滔滔江水，我号啕大哭起来。

我被劝回船舱，阿姐走过来，递我一样东西，跟我说："彭娘留给你的，你的嘟嘟！"我用迷离的泪眼一看，是一

把鹅毛扇。接过那扇子,在南岸那个空间里跟彭娘度过的那些日子,倏地重叠着回落到我的心头,我哭得更凶了。

什么叫生离,什么叫惜别,我是很久以后,才懂得的。可是对于我和彭娘来说,一切都难以补救了。

在北京,上到初中,学校里举行作文比赛,题目是《难忘的人》,彭娘当然难忘,我准备写她。可是,恰巧我构思作文时,小哥和他的戏迷朋友,在我家高谈阔论。他们谈起拍摄京剧艺术影片的事情,说拍完梅兰芳,要拍程砚秋,程砚秋自己最愿意拍摄的,是《锁麟囊》,这戏演的是富家女将自己装有许多金银珠宝的锁麟囊赠给了贫家女子,后来遭遇水灾破了家,沦落异地,无奈中到一富人家当保姆,结果那富家女主人,竟恰巧是当年的那贫家女,而之所以致富,正是那锁麟囊里的金银珠宝起了奠基作用,二人说破后,结为金兰姊妹。这出戏故事曲折动人,场面变化有趣,特别是唱腔十分优美,其中的水袖功夫也出神入化。但是,没想到当时指导戏曲演出的领导人物却认为,这出戏宣扬了阶级调和,有问题。结果就没拍《锁麟囊》,给程砚秋拍了部场面素淡冷清得多的《荒山泪》。后来程砚秋在舞台上演出,被迫把这戏改得逻辑混乱,演成富家女赠贫家女锁麟囊后,贫家女只收了那囊袋,将囊中的金银珠宝当即奉还给赠囊人了。听了小哥他们的议论，我对写不写彭娘就犹豫起来。后来我请教小哥，他叹口气说，现在一切方面都要强调阶级，彭娘虽然在咱们家就是一个家庭成员，她自己也这么认为，可是，搁在现在的阶级论里衡量，咱们父母是雇主，她是帮佣，属于劳资关系，是两个阶级范畴里的人。你最好别写这样的文章，让人家知道你曾有保姆服侍。再说，就是咱们不怕人家说闲话，听说彭大哥回乡以后，土改里是积极分子，当了乡里第一任党支部的书记，人家恐怕也忌讳提起跟我们家有过的那段亲密相处的关系。于是，我不仅那时候没有写过彭娘，以后也只把对南岸空间里关于彭娘的回忆，用浓雾深锁在心里。

直到改革开放以后，我才打听彭娘的消息，据说她在临终前的日子里，念叨着她的一个个亲人，其中有一个是"我的刘幺"。

南岸的那个空间啊，你一定大变样了！不变的是彭娘胸怀传递给我的那股生命暖流，我终于写出了这些文字，愿彭娘的在天之灵能够原宥我的罪孽——在多变的世道里我没能保留下那把她用嘟嘟羽毛缝成的扇子，但可以告慰她的是，我心灵的循环液里，始终流动着她给予我的滋养。

2012年1月26日　温榆斋

不言而喻

一位外国朋友告诉我,他每次来北京,一定下榻北京饭店,他说,那好处是,回到他那国家,人家问起:在北京住哪儿呀?答曰:"北京饭店。"别人就点头,双方就不用再啰唆什么。如果回答是香格里拉、希尔顿、凯宾斯基……对方起码会说:"啊呀,北京也有这些啊。"如果是完全中国味道的名字,则可能引出一番议论:"什么含义呢?在北京什么地方?舒服吗……"

一句"我住北京饭店",一切就都不言而喻了:身份、财力、接待规格、享受到的特色、方便度、舒适度……

我8岁跟随父母来到北京。同来的还有小哥和姐姐。大哥和二哥那时都已在外地工作,所以不同行。父亲原来在重庆海关任职,1950年后被新的海关总署调京任用。从重庆乘船先往武汉,再从武汉乘火车来到北京,接待我们的总务处人员把我们带往台基厂海关总署里面,暂时安排在一座小洋楼的地下室里居住。父母的少年时代和青年时期，随祖父母在北京居住过，对北京充满感情，重返故地的兴奋溢于言表，但小哥和姐姐却不以为然，他们初到北京，跑出机关大院去转悠一番后，回到地下室当我的面怪腔怪调地调侃："北京——好得嘞儿！"他们是在背后歪曲性地学舌，来北京之前，父母一再跟子女宣谕北京极好，但是兄姊初来乍到的感受却是"不怎么样"。那时我才8岁，父母兄姊不许我出屋乱跑，我好闷啊！后来有天母亲终于牵着我的手，带我去一条胡同里访问一家旧识，我才有机会睁大眼睛，观察"好得嘞儿"的北京。

出台基厂北口，我见到了东长安街，往东看有个牌楼。母亲絮絮地跟我灌输：因为在东边，单是一个，而不是像猪市大街那边的十字路口有四个牌楼，因此叫做单牌楼，同样的牌楼在这条街尽西边还有一个，所以又分别叫做东单牌楼和西单牌楼，那地名儿又简化为东单和西单，四牌楼呢，也分东四牌楼和西四牌楼，地名则简化为东四和西四……当时我听了完全不往心里去，谁想到四十几年后，母亲播下的种子，竟开花结果，我的一部长篇小说就以《四牌楼》命名。

我感兴趣的是响着特殊铃声的有轨电车。它在马路当中轨道上运行的身影，令我觉得十分庞大，而且神秘。几年后我才有机会坐上它,而且知道那铃声是驾驶员用脚踩出来的。大约12岁的时候,因为上学放学总乘固定的一路电车,跟一位司机脸熟了,有回车上比较空,停站后,我鼓足勇气,请求那司机让我踩踩铃阀,那司机竟同意了,当我踩出的铃声震响自己耳膜时,形成了我童年时代的一次欢愉高潮。半个多世纪过去,不知那位司机还在世否?一个生命赐予另一个生命欢愉,哪怕是短暂的、琐碎的,也是宇宙间至美至妙的事情!

母亲指着马路对面一座楼,郑重地告诉我:"那是北京饭店。"我望过去,并不觉得有什么了不起,心里浮出兄姊轻薄的语音:"北京——好得嘞儿!"因为在重庆,那时市中心已经有为庆祝抗战胜利建造的"精神堡垒"纪功碑,即一座圆顶的塔形建筑,后来改名叫解放纪念碑,望去觉得非常高大;还有我们路过武汉时,住在江边的武汉海关大楼里,印象里,那座简称"江海关"、顶上有大钟的西洋建筑,也比北京饭店雄伟。

后来海关总署给我们家分配了宿舍,是在东四钱粮胡同的一所颇具规模的四合院里。虽然离开了台基厂,那段初来北京时所留下的空间印象,还是清晰的。特别是那马路对面就是王府井,父母带子女逛完王府井,还往往要再走出王府井南口,在北京饭店前面望望,再往东散步。那时候东边的马路分两层,上面高处那条路,曾短暂地叫做斯大林大街,街上连续有些小洋楼,其中有个小洋楼是家电影院——记得叫做真光电影院——在抗美援朝战争爆发前,那里还在放映美国好莱坞的歌舞影片。记得兄姊就带我看过一部,他们觉得很开心,我却在座位上打起瞌睡。最东边接近东单路口的地方,有个剧场,就是中国青年艺术剧院,走到那个地方,父母就会指点着说:"兰姑姑就在这里头。"所谓兰姑姑,就是孙维世,她是著名的导演,小名叫小兰,只有少数亲友知道这个称谓。我家与孙家算得世交,故父母有此口吻。但那时我对青艺及其剧目的兴趣,不如对那条马路的下面一层来得浓,因为那矮掉一米多的下层,种有一些有趣的灌木,布置着一些太湖石,在其中捉迷藏,一定十分惬意,我和姐姐也曾尝试在那里面嬉戏,却很快被父母制止了。这上下两条马路再靠南,才是东长安街。

穿过马路,东单尽东面原是一片很大的旷地,1948年底和1949年初,曾作为临时飞机场,接走了许多不愿留在北平的人士,其中包括胡适。据说胡适匆忙去登飞机,随身只带了两本书,其中一本就是残缺的甲戌本的脂研斋评《石头记》。那乃是历史烟云中的一个细节，谁想到几十年后，其影印本成为我研究《红楼梦》的重要资料。1950年的时候，那个临时飞机场已不复存在，上面搭建了许多临时的棚屋，做各种生意，其中就有几家西餐馆，是父亲的最爱。后来那片地方又演变为东单公园。

我长大成人以后，才知道北京饭店里有若干父兄辈铭心刻骨的生命记忆。父亲随祖父初到北京的那十来年，因为祖父是清朝最后一科的举人，到日本留过学，辛亥后在蒙藏院当佥事，薪酬颇丰，住进净土寺胡同一座原来蒙古贵族的旧居——称作"朴园"——里面，从留下的旧照片上看，堪称是个大宅门，父亲在里面随祖父母很过了几年好日子，但是，后来政局动荡，先迁到了什刹海畔，祖母去世，再迁到西四南边的缸瓦市——那时祖父续了弦，又生了几个子女，生活质量就下降不少，到1924年，祖父南下广州，参加革命去了，抛下续妻，更抛下了子女。父亲本来常随祖父到北京饭店应一些名流的饭局，而且因为聪慧勤奋，也考取了协和医科大学，现在我还保留着他当时一张西服革履的照片，一派富家子弟、未来名医的模样，南下的祖父虽然给续妻寄生活费，那后母对父亲却十分苛酷，等于是扫地出门，不仅不管缴纳学费置备必要的学习用品，连饭钱也不给，父亲十分狼狈，为了应付生活，常常以代人考试的方式，挣些风险很大的钱，也曾到祖父那些仍留在北京的朋友那里，请求帮助，但人家只不过给点小钱，或仅是把父亲顺便带到前门外的撷英番菜馆、北京饭店里的法国餐厅，让他在饭局上忝列末座，当他面说些恭维祖父的话罢了。父亲因为实在缴不起协和医科大学的学费，只得退学，为尽快获得一个牢靠的饭碗计，就去报考了海关，被顺利录取，于是娶了母亲，而且很快生下了大哥。

海关的待遇很好，大哥随父母过上了优裕的生活。多年后大哥跟我说起，小时候，父母曾把他带进北京饭店吃餐，还请了几位好朋友，有位父亲的好朋友就问大哥："长大了干什么？"大哥伶俐地回答："当医生。"父亲脸上就现出真切的笑容。父亲未能在协和医科大学完成学业，是他一生的痛，因此他始终期盼子女中有人能代他完成这一夙愿。但是后来我们四个儿子一个女儿长大成人，并没有一个成为医生，虽然父亲对我们后来都能自食其力而感到欣慰，但竟没有一个成为医生，依然是他心底里的隐痛。

北京饭店和协和医学院离得很近。在京城的那片空间里，有着父亲怎样的希冀与失落啊！

大哥小时候在学校不好好读书，胆子大，净干些让父母担惊受怕的事。比如在海关宿舍两栋离得很近的楼房屋顶上，他找来一块两端刚够压住楼顶的木板，拿根绳子把自己吊在木板上荡秋千。那木板在他快乐的荡悠中，不住地跳动着，眼看一端就要滑下屋顶，他却浑然不觉。母亲发现，几乎晕倒，邻居们帮助制止。父亲下班回来听说，再加上学业荒疏，训斥他他还梗脖子，气得将他抓过去打屁股。大哥在学校里常常"打抱不平"，惹出事端，学校碍于父亲海关有职务，不好公开出布告将大哥开除，就通知父亲，将他"默退"。大约是我4岁的时候，有次大哥在吃饭时，父亲训斥他，他顶撞，父亲气愤中把一碗面抛到地上，大声吼："你给我滚！"大哥立刻站起来，晃晃肩膀，冲出门去，母亲追出去，大声呼唤，哪里唤得回来，父亲也以为他过几天会自己回来，却从此不知踪影。过了半年多，有天母亲忽然高兴得流泪，原来大哥给家里写来了信，说他在北京，为美国调停国共两党军事活动的派出机构工作，他会一点英文，派上了用场。父亲下班回家，母亲柔和地报告了大哥的来信，父亲没有再生大哥的气，看了信，微微点头，说了句："只怕还有夸张。"确实有夸张，我稍大后，二哥告诉我，大哥那两年在中美联合组成的"军调处"，其实只是个跟着别人去采购食堂原料的"小催巴儿"（北京话，意为让人指使干杂活的角色）。角色虽小，但活动的空间却非常壮丽，那就是北京饭店。大哥跟二哥讲起，那时候北京饭店里经常有舞会，他也可以参加，在舞会上别人也不知道他究竟是干什么的，那时他才20岁出头，身材匀称，相貌英俊，从衬衫里显现出阳刚的肌肉线条，据说有次参加舞会的大明星美女白光，非常喜欢他，一连约他跳了6支舞曲，让那天舞会上的其他男士嫉妒得眼睛出火，白光一再赞扬他是"好小弟"……

1959年北京电影制片厂拍摄了《青春之歌》，里面利用真实的厅堂展现了1934年左右的北京饭店，在《风流寡妇》的圆舞曲旋律中，绅士淑女翩翩起舞，当然那是作为反面场景，衬托主人公革命女青年林道静"出污泥而不染"，不过我看那一片断时，还是很艳羡那样的华丽生活。1962年北京电影制片厂又拍摄了《停战以后》，里面有更多北京饭店的场景，不仅有厅堂，也有客房走廊和客房内景，其中很多镜头也是实景拍摄。1903年建成的北京饭店，最初是两个法国人的资本，后来有中国民族资本家的资本加入，在收归公有之前，是个中法股份有限公司在经营，它的建筑风格和内部装修，有浓厚的法国风味。到1962年的时候它的面貌没有什么大的改变，因此用来拍摄在里面发生的历史故事，是很便当的。《停战以后》里面有个女翻译的角色，由著名电影演员秦怡的妹妹秦文扮演，她似乎没有姐姐那么美丽，但演技不错；据说她扮演的那个角色的原型，就是原国家主席刘少奇的夫人王光美。1946年到1947年的"军调处"就设在北京饭店里面，那确实曾经是王光美重要的人生舞台。多年以后，王光美被打倒被侮辱投入监狱，大哥偷偷告诉我，他在"军调处"当小跟班时，曾见到过号称辅仁大学校花的王光美，感叹人生真是诡谲莫测。大哥在内战爆发后开了小差，跑到南方，后来参加了解放军，1960年他从海南岛驻地请探亲假回北京，一个人悄悄跑进北京饭店，当然是由怀旧情绪支配，那时北京饭店是不能随便进去的，一般市民或外地人也很少有人尝试进入，可能大哥穿一身军装，又善于应对，居然放他进去了。他出来以后，心情不好，因为他发现，那里面的舞厅，依旧舞曲萦回、舞影翩翩，只不过曲子多了苏联风味的，男士西服革履的不多，女士穿连衣裙的不少，但也有穿旗袍烫鬈发的，据说是上级指示，准许少数女子保持舞女职业，以备不时之需。大哥觉得所看见的场面与参军后受的教育相悖，又不能公开议论，只能私下与小他两岁的二哥倾诉苦闷，这是后来二哥见我懂事了，才转述给我的。北京饭店这个空间，就这样给予过我大哥难以理抹清楚的心灵刺激。

尽管多次内部改装修饰，老北京饭店的楼体始终存在。1959年在它西边修造了一座新楼，跟它联通，新楼底层有华美宽敞的宴会厅，现在仍是京城许多重要政治活动或体面的商业活动的使用空间。老北京饭店的东边原来是铁道部的办公楼，1974年拆除，建造了一座更新的线条简捷的具有现代化设施的店楼，也与最早的店楼连通。但直到改革开放以前，新老三座连通的店楼都是平头百姓不能随便进去的，除非你当了全国劳动模范，把你安排为代表、委员什么的，在某个会议召开期间，才让你住进去。1974年建成的新店楼，安装了红外线遥控的自动扉，那时候成为京城市民茶余饭后的一个话题，啊呀，先进得不得了啊，人刚走过去，它就蔫不叽地自动打开，你走过去没几步，它又蔫不叽地自动合上，神仙门啊！什么时候咱也穿过它一趟啊！表达向往者多半就会遭到奚落：美的你！你是哪棵葱？哪轮得到你享受那神仙门的乐子！如今到处是自动扉，有几个人还记得30多年前的这些心态与话语？

我在改革开放以前没有进入过北京饭店。但是1975年的时候，得到过一次邀请，差点儿去穿越那先进的自动扉。

1968年的时候，我任教的那所中学进驻了军宣队（全称是"中国人民解放军毛泽东思想宣传队"),他们负责组织学校里的"斗、批、改",我因为1964年曾经在《北京日报》上发表过一篇《京剧不适宜表现最当前的现实生活》的文章,里面还提出不应该在现代戏里取消小生小嗓、旦角水袖等传统行当,有"反对革命样板戏""反江青"的罪名笼罩头上,因此灰头土脸、夹着尾巴做人,哪敢主动接近军宣队,但那军宣队的指导员和一位战士,却主动来跟我接近。我把自己的"问题"坦白给他们,没想到,指导员在我单身宿舍里私下跟我说:"老戏也有好的,我就最爱看《杨八姐游春》!"让我心头轻松了许多。那战士姓周,他也常到我宿舍来聊天,跟我开许多玩笑。有天小周来我宿舍一反常态,愁眉苦脸,原来他父亲病重,想到北京来看病,但那时一个农民进北京城,住店和到医院看病,都必须有省里革命委员会开具的介绍信才行,何况看病和住店都得花钱,困难呀!我就跟小周说,你父亲来了北京,就住我这间屋子、睡我这张床,我北京有个姐姐,她家离学校也不算太远,我就每天在她那里住,白天来学校参加"斗、批、改"好了;另外,我没成家,工资一个人用不完,也有点小积蓄,帮补你父亲一些医药费并不影响我的生活,只是,那省里的介绍信,你怎么才能开出来呢?讨论中,指导员也来我宿舍,听说了，就给他出主意，说你们省里革委会，正好有我战友在那里负责站岗，我给你带上封信，兵帮兵，一家亲，你一定把那介绍信开下来，你爹的病得抓紧治！三人议定，小周当夜就赶回家，没两天带来他父亲，安顿在我的宿舍里，又到协和医院看了病，确诊是化脓性肋膜炎，加紧治疗不提。1969年，"清理阶级队伍"，学校里有人正式在大会上质问："为什么猖狂反对江青的刘心武还没有揪出来？"一派群众组织贴出了揭发批判我的大字报，又在校门外墙上刷出每个字使用一整张大字报纸的大标语"刘心武猖狂反对江青同志罪该万死"。那天下午就要将我挂牌子戴高帽批斗，但下午广播里宣布又有新的"两报一刊"（即《人民日报》《解放军报》和《红旗》杂志）的社论发表，公布了毛主席最新最高指示，学校的革命师生照例要敲锣打鼓上街游行欢呼，我那个下午就混过去了。第二天一早军宣队通知那派要揪斗我的群众组织："刘心武那篇文章够不上现行反革命，不同意你们揪斗。"军宣队将我保下，是那时西城区领导所有中学运动的总部（设在航空胡同民国时期的航空署，一座中西合璧的楼房里）做出的决定，但我觉得我们学校的军宣队小分队的指导员，包括小周与其他成员，替我说了好话，一定起着不小的作用。

军宣队成员实行轮换,1974年的时候,指导员和小周早已回到原部队,而小周他们那个连,恰好就分配到新建成的北京饭店值勤,他们离开我任教的那所中学以后,我们一直还保持着联系,小周有天见到我,就邀我跟着他到北京饭店新楼参观,他说我跟在他身后,别出声就行,保我能享受自动扉之乐,还能进没住人的客房开眼界,知道什么是中央空调,当然更可以看到那时一般单位和家庭都很稀罕的彩色电视……他的好意我心领了,但我没有应约而去,我这人胆小,不愿冒险去品尝非分的甜头。

1980年以后,我是北京饭店的常客。或参加在西楼宴会厅的各种名目的活动,或到里面会见外宾,有时媒体的采访也借用那里面的空间。1986年我从北京市文联调到中国作家协会《人民文学》杂志社工作,杂志社搞活动,也常租借里面的多功能厅。记得一次是在老楼顶层,先开研讨会,再吃自助餐,因为杂志社里有能人,通天都行,遑论搞定这么一个饭店,他们跟我汇报,非常好的自助餐,所收费用却相当便宜,那真是些美好的时光。

改革开放的重大成果之一,是开启了民智,20世纪80年代,北京饭店不断出新鲜事。开头也是限制一般民众,"闲人免入",但就有外地来京的普通人,大摇大摆地往里走,被拦住,问干什么的?理直气壮地回答:"吃饭的!你这外头不是大字写着'北京饭店'吗?到了首都,进这饭店吃个饭,怎么不行?"若是在"文革"时期,这来闯的人很可能就被视为敌对分子,给薅起来了,但那时的北京饭店工作人员意识也在发生转变,只是耐心解释:"目前还不对外,但是你们的愿望我一定向领导反映,也许没多久,这里就对所有人开放了——可是衣衫不整的,还是不许入内啊!"闯店的人也就心平气和起来:"别总是只接待首长外宾,快点开放!你开放了,我穿得比今天还鲜亮地进来吃饭!"

很快,大概是1981年,北京饭店也就允许一般的中国人进入了。真对一般人开放了,往里进的平头百姓也并不多,因为里面消费很昂贵。拿吃餐来说,里面在1958年就有谭家菜,本是清同治年间谭姓高官的私房菜,后来在街上设了店面,属于高档官府菜,民国时期一直存在。新中国成立后,首长喜欢,用来招待外宾,都哄然称妙,因此最后搬进了北京饭店,内宾外宾两便。现在北京饭店的谭家菜若非公款消费,一般自费的必须是富人才不在乎,中产阶级翻开菜牌,若忍住咋舌,心里也还会鼓槌乱响。但开放的社会毕竟比封闭的社会好,人们的机会、机遇多了。20世纪80年代初期,多有一般身份的年轻人，穿得体面一点，到北京饭店里面寻找命运转折机遇的。他们当然不会住店，也不去吃谭家菜，只是到大堂吧点一杯可乐或咖啡，慢慢地呷，两眼则不住地观察，有的就跟外国人搭讪上了，一回生二回熟，来往上了。有的就获得对方好感与信任，或帮助联系上外国大学的奖学金，或对其出国进行担保。最令人惊叹、其故事流传至今不减其魅力的，是一位李姓男子，被来中国旅游的美国好莱坞老牌女星相中，对其一见钟情，爱得执著深沉，难分难舍，最后将其带往美国。那李姓男子在美国为那年迈的大明星送终后，根据大明星遗嘱，获天文数字遗产，后来重返中国，成为京城巨富。而北京饭店，便是他的发祥地。

一个空间，在不能进去、只能在外面观望时，神秘而奇妙，便有许多话可说；若出没其中成家常便饭，印象繁多，互相重叠，反倒不知道说些什么好了。北京饭店于我就是如此。

回想起20世纪80年代，浮到记忆上层的，有两个人两三件事。

一个人是德国的马汉茂，这是他的汉名，他那时是西德波鸿大学的教授，热衷于把改革开放后中国新的文学作品介绍到德国。他本人动手翻译的作品不多，但他善于联络中国作家、德国汉学家、出版社、传媒,也就是组织能力特别强。许多中国作家的作品被译成德文在德国出版,里面都有他的功劳。他还能设法找到一些机构赞助,邀请安排中国作家访问西德。我的若干短篇小说、中篇小说《如意》等,就都是他组织翻译出版的。1984年他又帮我找到邀请方,提供机票和费用到西德访问,那几年里我们联络比较频繁。大约在1985年,他又来中国,住北京饭店,约我去会面,我去了,他在大堂等我,会合后,他想到商品部买东西,我陪他去,他要了商品,掏出钱包付人民币,售货员不收,他就抗议:"这是你们国家发行的货币,为什么你不收?"售货员很尴尬,但瞄见他钱包里有外币兑换券,就微笑着说:"您不是有能用的钱吗?您付那个就行。"马汉茂偏要付人民币,那售货员坚持原则不收,僵在了那里。现在的80后、90后可能已经完全不明白什么叫外币兑换券了,那时候外国人到了中国,必须先拿外币在指定的兑换点兑换成特殊样式的外币兑换券,拿那券买东西;而中国人用人民币,也买不到若干必须用外币兑换券才能买的商品——也未必是进口货,那时有若干专门制造出来的国货,只供应外国人或持有外币兑换券的中国人。那时候更有一种侨汇券,就是你家在国外的亲友给你寄来外币,国家一律让你按汇率领取人民币,但按寄来的币值发放你一定数量的侨汇券,你可以到专门的商店,寻找你喜欢的商品。那些商品往往是其他一般商店里没有的,那商品标签上会写出,需要几张侨汇券,同时需要付多少人民币。那时各个涉外饭店的商品部都只收外币兑换券,在建国门外,更有专门的友谊商店,只接待持有外国护照的顾客,里面只流通外币兑换券,而专卖侨汇券商品的店铺又另在别处,我记得崇文门内大街上就有一家。且说马汉茂那天非要拿人民币在北京饭店购买商品,弄得售货员哭笑不得,我在一旁,心里很不是滋味。后来马汉茂嘟嘟哝哝,满脸不高兴,终于从钱包里抽出一张外币兑换券,买下了那件物品。马汉茂后来患忧郁症在德国跳楼自杀。这件事过去二十几年,那时候中国政府缺少外币,所以有那样严厉的外汇管制,集腋成裘。现在呢,从美国到一些欧洲国家,全都欠中国政府钱,中国政府拥有的外汇贮备之多,报出那数字令人晕眩。世道变化之大,令人长叹。现在用人民币在北京饭店消费绝无问题,无论你是哪国人。而停用的外币兑换券和侨汇券,已经成为收藏市场的热门货,价格一路飙升。

还想起一个人,就是韩素音。她生于1917年,现在该有九十四五岁了。她父亲是中国人,母亲是比利时人,很早就取得英国国籍,几十年前就定居瑞士洛桑。她最后一任丈夫是印度人,她的著作在许多西方国家出版,我记得其中一本是首先在南美阿根廷一家出版社印制发行的。我认识她,是在叶君健先生家里,一般人多只记得叶君健是个儿童文学作家,译有丹麦安徒生童话全集,而不清楚他一度曾算得上是一个英国作家,属于20世纪40年代英国文学精英圈——索尔兹伯里群星——里面的一员,那其中包括影响极大的女作家弗吉尼亚·伍尔夫,叶君健那时候用英语和世界语写出的长篇小说颇获好评,就文学资历而言,韩素音出道比叶君健晚,他们是在英国相识的,后来一直保持着联系。我在叶老家里认识韩素音以后,她偶尔也会单独约我会面,大约也是1985年,她又来北京,因为读了我的中篇小说《如意》,非常欣赏,打算翻译成英文,约我到北京饭店吃谭家菜,我们边吃边聊,谈得比较深入。她告诉我,北京饭店这地方她太熟悉了,她和三任丈夫,都曾在这个空间里活动过,她在这个饭店里目睹了中国社会令人吃惊的变化。她认为自己能够向世界解释中国。从20世纪70年代到80年代,她被中国高层人物看重,周恩来、邓颖超早于40年代在重庆时就跟她熟识,她受中国人民对外友好协会邀请来华后,周恩来夫妇接见她是必然的,后来邓小平也接见她。她频频来华,也频频发表报道、解释中国的文章,在西方确有一定影响。但是,

神圣的沉静

70岁在绿叶居

她后来似乎渐渐失去了报道、解释中国的权威性,就像定居法国的那位荷兰纪录片大师伊文思一样,伊文思本来是通过纪录片诠释中国的权威,但到20世纪80年代却力不从心了,西方人觉得他片面,中国官方也失却了靠他对西方宣传的倚重,韩素音应该与他同病相怜。我和韩素音最后一次见面,是在20世纪80年代末,那天前驻美大使章文晋、张颖夫妇在家里招待她,请我和谌容作陪,章家住处离北京饭店很近。那天席间大家坦率交谈,但不甚投机,记得韩素音报道了一则消息并发表评论后,我心里很不以为然,谌容似也难以认同，但我们都没吭声。章文晋的儿子却平和而具体地反驳了她，席间气氛有些个紧张，好在女主人张颖巧妙地把话题引开，大家便集中精神品尝女主人精心烹制的仿谭家菜火锅。饭后大家饮茶，继续聊天，我想起北京饭店就在附近，而韩素音的生命体验与那个空间又有那么密切的联系，就建议她以北京饭店为主要场景，写部长篇小说。她笑笑说："我才不为它做广告呢。"我感觉她内心里有种寞落情绪萦回。后来中国政府高层再没有接见过她。

北京饭店当然不用做广告，它是不言而喻的。我如今很少去那里，有请柬也懒得去。但它毕竟是牵动过我的家族和我个人的一个重要空间，保持对生命历程里的主要空间的敏感，是活力仍在的标志吧。

2011年10月29日写于温榆斋

炸出一个我

商务印书馆的《东方》杂志复刊,易名《今日东方》,向我约稿。在《今日东方》第二期上,有《旷世大劫难——商务印书馆被毁记》,不读此文则已,读了此文,我思绪万千,竟一夜不能入睡。这段史实大家都是知道的:1932年1月28日晚11时许,日本陆战队突然进犯上海闸北,我十九路军奋起抵抗,是为著名的"一·二八事件";日本轰炸机于次日凌晨从停泊在黄浦江的航空母舰上起飞,先到闸北地区盘旋示威,到天亮后,约10时许,竟特意选中了商务印书馆和附近的医院投弹,商务印书馆被6颗炸弹击中,引发大火,卷起的纸灰飞达数十里以外,所有库存图书和待印书稿全部在劫火中焚毁;而附近的医院,亦被炸成一片废墟,所有未及躲避的病人和医护人员都被杀害。把炸弹有意投向中国最大的文化机构,并投向两国交兵中最应得到战火豁免的医疗机构,日本军国主义那反文明反人类的法西斯气焰,其穷凶极恶真达到了史无前例的程度,至今思之,还令人不禁眦裂发竖!

这段史实，于我个人而言，不仅是难以忘怀的国恨，而且是刻骨铭心的家仇。

我的祖父刘云门（又名刘正雅，笔名镏鱼山），就在那一天里，被日机炸死在医院里。他是因中风而住院的，身体已基本上瘫痪，不可能在日机肆虐的一刹那设法躲避。轰炸过后，只有我姑妈在上海，她急忙赶赴医院，只见一片冒着余火浓烟的废墟，蒸腾出枯焦炽热的气浪，她和若干也是寻访亲人的男女哭喊着去那废墟中翻查，希望能找到亲人的尸体；也不时有寻访者忽然发出凄厉的号哭声——那是终于翻出了尚可辨认的亲人遗骸；但我姑妈直翻检到双手冒血，硬是没能找到祖父遗体；后来有轰炸时侥幸从医院里逃出的人士来扶持劝慰我姑妈和另一些痛不欲生的难属，他们证实，直到飞机的声音在头顶喧嚣时，他们还以为无论如何总不至于向医院投弹，虽然也进行了一些疏散，但进度缓慢，后来突然有炸弹投向医院，他们因为恰好不在楼体内，故而能够逃逸，据他们证实，凡在楼里的，没有生还的可能，有的病房被炸弹正面击中，人体和家具成为齑粉，加以大火燃烧，使寻找遗骸成为不可能之事……姑妈听了，当场晕死在劝慰者怀里。

祖父大约出生在1885年，他在清朝最后一次科举考试里得中最后一届举人。那一次中举的举人可以有两种选择，一是等候分派一个官职，一是公费留洋，祖父选择了第二种，他到日本留学，据说曾进过早稻田大学，又进过东京帝大，最后确定的专业是医疗，这也是那个时代许许多多中国知识分子的选择——以为可以通过这样的方式，改变自己民族"东亚病夫"的面貌。在日本时祖父与廖仲恺、何香凝过从颇密，也见过孙中山，加入了同盟会，思想趋向激进。回国后，祖父先在家乡（四川安岳县）开辟新学，自任体育教师，编制新式体操，还自写歌词自谱曲调，带领学生们边唱新歌边作新操，一时轰动乡里。后来祖父到北京任京官，是在蒙藏院任佥事（清末是否有这个官职，我生也晚，不甚清楚，但共和后他仍在蒙藏院，职务为佥事，则应无误）。在清末，他曾与汪精卫、黄复生等合谋在银锭桥预置炸弹，刺杀摄政王，事败后汪被捕，还曾有"引颈成一快，不负少年头"的豪语传世。那次谋刺，祖父以在鼓楼前大街开设的"真光照相馆"为掩护，事泄后汪、黄都没有说出他来，清廷也未侦查出他，他以后对此事也就讳莫如深，但某些最亲近的朋友，如李贞白、孙炳文等是知道的。共和后，孙中山在南方并不能充分施展抱负，而假意拥护共和的袁世凯越来越明显地暴露出其称帝的野心，祖父心情非常苦闷，曾多次

祖父刘云门与友人合影（右孙炳文，左李贞白），约在1920年

作诗抒发其郁闷的情思，我在他遗留的极少墨迹中看到几首，其中一首是：

大江东下国中分，
北南悲歌南尚文；
金粉六朝余艳氛，
貂冠一代慕浮云。
未经爨釜鱼游底，
不待烧兵鹊散群；
占有吴山人立马，
男儿若个愿从军。

可见他很害怕南方一些共和派成为"貂冠一代"，沉溺于"六朝金粉"，表示如果有人能领导北伐，他愿投军从战。后来袁世凯称帝失败，但北方更呈军阀割据的混乱局面，1924年，孙中山在广州正式发动国民革命，祖父立即奔赴广州，投身其中。他先在广州中山大学任教授，和共产党员毕磊过从甚密；后来北伐军挺进，他以军医身份一直在战地医院忘我救治伤员，一直跟随大部队打到武汉。没想到1927年发生了国民党以"清党"名义杀害共产党员的事变，祖父的挚友孙炳文、年轻的友人毕磊等都遇害，这使祖父陷入了更大的苦闷，他作成长诗《哀江南》，倾泻出一腔悲愤。1928年他来到上海，当年同盟会老战友赵铁桥在上海有个比较显赫的职务，赵支持他成立了"上海公学"，收容了不少在国共分裂后处境险恶的共产党员和国民党左派，大都是些二三十岁的年轻人。进入30年代，祖父埋头整理自己历年来的著作，一份他遗留下来的墨迹中，开列着他整理好的著作书目：

鱼山丛书种类目　　鱼山　刘正雅　著 译

文学部（附政治经济）

《孔子墨子的国学新知验今录》一部共四卷（白话稿已失）

《大道循环说》一卷（文言）

《礼乐论》一卷（文言）

《鬼神论》一卷（白话）

《人类生活论》一部二卷（白话）

《中华现代经济的农忙》一卷（白话）

《鱼山杂著》一卷（诗文集）

理学部

《宇宙大观》一部共三卷(文言)

《物理新编》一部(白话)

《化学新编》一部(白话)

医学部

《汉医汇究》一部共六卷(文言)

工学部

《分析化学》一部共二卷(文言·译)

《植物分析化学》一部共一卷(文言·译)

《制药化学》一部共一卷(文言·译)

《工业药品制造法》一部共一卷(文言·译)

《新药编》一部共一卷(文言·译)

这些译著,他在1931年都交给了商务印书馆,受到欢迎。商务印书馆拟首先出版《人类生活论》,这也是祖父自己最看重的一部著作,集中体现了他对个人生命体验和经历民族忧患后的深刻思索。本来,这些著作会以《人类生活论》打头,在1932年陆续由商务印书馆印行。相信这些著作一旦面世,起码会有一部分能在中国的文化思想史或出版史上留下痕迹。而且,由于"上海公学"的支持者赵铁桥遭到暗杀，不得不解散，祖父自己又中风偏瘫，经济上亦陷入了困境，也等待着商务印书馆出书获得生活与治疗的费用。万没想到，祖父在病榻上等到的不是散发着油墨香味的个人专著样书，而是日寇轰炸机掷下的炸弹！

祖父所住的医院被炸成了废墟，日寇消灭了他的肉体；更令我们后人思之愤然怆然的是，他的全部投往商务印书馆而尚未印制的译著原稿，也在日寇弹火下化为了灰烬！

祖父及其著作被日寇毁灭时，父亲是海关的一个职员。他和我姑妈的悲愤之情久久不能平静。在嗣后的岁月里，他们都义无反顾地置身在抗日的潮流里。1934年，母亲生下姐姐刘心莲后，因为在姐姐之前已有了三个男孩，无论从数量还是品种上，父母都觉得可以不必再生孩子了。而1937年全面抗战后，父亲供职地重庆经常有日机去轰炸，为安全计，父亲自己留在重庆，让母亲带着孩子们先是躲避到成都郊区，后又进一步躲避到了老家安岳。这其间父亲当然也时来探望母亲和孩子。那时候避孕的办法不多，1941年年末，母亲感觉到自己又怀孕了，父亲知道后，坚决要她设法打掉。那时父母都是近四十岁的人了，最小的孩子（女儿）也已经快8岁，又正当国难时期，经济拮据，精神焦虑，不想再要多余的孩子是完全可以理解的。母亲为打掉肚子里的孩子，

神圣的沉静

1921年父亲与祖母

遍寻偏方，积极服用，但不知怎么搞的，总是服了那打胎药后，没多久便会感觉到仿佛有一双小手在抓挠她的肠胃，只有尽情呕出方能松快。急切中她甚至设想过从桌柜上跳下的恶性堕胎法。后来她感觉实在无法摆脱一个新生命的诞生，便转而经常抚摩着隆起的肚皮，产生出了一种异常珍爱的情感。她把决意生下孩子的想法告诉了父亲，据说父亲正是在日本飞机的噪音中也表了态："他们炸出了一个来！一个抗日的小战士！"就这样，我于1942年6月4日凌晨，诞生在成都育婴堂街，接生的是我的舅母。父亲在我出生后，为我取名心武，"心"是排行，"武"是表示要以武力抗击日寇的侵略。

从小时候能懂事起，父亲就经常给我讲祖父的事。他希望我们孩子里能有人当医生，因为祖父首先是一个医生，而且一度是革命军的军医；其次就是鼓励我们有所著述，能出版个人专著。就我个人而言，我虽然没能成为一个医生，却毕竟成了一个作家，到1999年为止，若把每一种版本的个人专著加以统计，在海内外已达90种，另外还有1993年出版的《刘心武文集》八卷。

已经有国内若干著名的出版社出版过我的著作，但商务印书馆跟我约稿，还是第一次，虽然这只是《今日东方》

杂志里的一篇文章，但对我个人而言，它的意义很不一般。这证明有些生命的链环是炸不断的，而一个民族的精神传承，更不是把老一辈的著作化为纸灰，就可以截斩的。

国家实现改革开放后，我在1981年、1997年两次应邀访问了日本。当我踏上日本的地面时，心情可能比一般访问者复杂得多。我的祖父以及他那一辈的许多人，曾把日本作为一个理想的地方，以为可以从那里获得使自己民族富强的能力。据父亲回忆，从日本归国后的祖父曾常在家里穿日本和服；但是后来日本却一步紧逼一步地欺负中国，直至在1932年的"一·二八事件"里，掷下炸弹炸死了我祖父和他全部

1947年父亲与母亲

未及刊印的译著，使他未能在中国的那个发展阶段留下他本来可能产生出甚至是重大影响的思想文化痕迹。而我这个生命，也正是在日本飞机不断轰炸重庆和成都的噪音和火光里诞生的——如父亲所说，是炸出来的——可是我却也终于踏上了日本土地，进行所谓的文学访问。更令人难以解释清楚的是，我自1977年登上文坛后，虽说若干作品被译成了英、法、德、意、俄、瑞典等文字，但相比而言，却以日本的译本最多。

对日本，我在心灵上有一点尤为敏感，那就是我可能比一般人更难容忍军国主义，哪怕只是一点点那样的"气味"，无论是试图为曾经存在过的军国主义巧为辩护，还是企图为现在复活的军国主义声张助威，都会激起我满腔的义愤。我也读过三岛由纪夫的《金阁寺》，那个文本或许确实与军国主义没什么直接联系，但我不能冷静地"就事论事"，去欣赏那"美丽的文本"，因为我不能不想起他是一个狂热的军国主义分子，这又不能不令我忆念起我那肉体与著述在同一天被日本军国主义炸成齑粉的祖父……当我在东京，有人远远指给我靖国神社时，我不仅咬牙切齿，而且恶心欲呕。但是两次访问日本，又使我接触到了很多和我一样痛恨日本军国主义的日本文化人，还有从东京到广岛到北海道札幌的普通日本市民和农民,我曾同他们讲到"一·二八事件",讲到我祖父和他那些著述的湮灭,讲到我这生命与名字的来历,我从听者眼睛里闪动的、湿润的光影里,获得的不仅是抚慰,更是一种坚定的誓言:不能让那已经发生过的罪恶重演!

挣不脱的链环

曾在四川成都出版的《晚霞》杂志（省委老干部局主办）上看到萧英老人写的《难忘的记忆》一文。此文回忆到1927年大革命失败后，一些共产党人和国民党里的反蒋反汪人士，以及一些观点与他们相合的其他政治团体的人士，还有无党派人士，从武汉、四川流亡到上海，寻求一个落脚点。他们在上海遇到了辛亥革命的老前辈刘云门先生（又名刘正雅，笔名镏鱼山）。刘先生是四川安岳人（杂志上误为广安），清末最后一科举人，留学日本时进过两所大学，在东京参加孙中山的同盟会。大革命时期到广州，在中山大学任教授，与共产党人毕磊等组织"社会科学研究会"，任干事，北伐时以军医身份随军突进至武汉。在汪精卫宣布"分共"后逃至上海，著114句36韵长诗《哀江南》，痛诉"四·一二"后的愤懑与悲怀。不仅抨击了蒋、汪，也对政治诡变中的各种屠夫、屠头、肖小，以及"卖人肉包子"的告密叛徒等鬼蜮进行了淋漓尽致的讥讽批判。气势磅礴，正义凛然，艺术上也相当成功。曾用"唯物社"名义自印散发，后又有"神州国光社"的印本面世。他在上海利用自己在国民革命中的威望，找到招商局督办赵铁桥（亦是老同盟会成员），于是赵把招商公学交给他，由他出任校长，以专门收容各路因不与蒋、汪合流而衣食无着的知识界人士。萧荑老当时二十来岁，也被庇护于此。1929年萧荑等自发组织了一个共产党招商公学支部，刘云门以党外人士身份参加支部活动。1930年赵铁桥被刺身亡，南京派来的新督办下令关闭招商公学。1932年，上海"一·二八"事变爆发，日寇轰炸上海，刘云门牺牲于日寇炮火中，他的书稿《人类命运论》，同日亦与被炸的商务印书馆一起焚于敌焰。

萧荑老文章中写到的刘云门，便是我的祖父。

我在祖父罹难10年后方出生。虽然我父亲经常给我们子女讲述祖父的事迹，例如20世纪20年代祖父在北京时就专门收留四川来的各路暂时落魄或需隐蔽一时的豪杰，朱德在离国赴德前就住在我祖父家中，并且为了避人耳目，还干脆让朱德住进我父亲的卧室，等等。但我们都不大在意，尤其是我，祖父我见都没见过，他的荣辱功过，跟我有多大的关系呢？

后来我们子女更得知，祖父在世时，对父亲并不怎么满意，他们父子之间，有许多心灵上的隔阂与感情上的冲突。

父亲对祖父,是又爱又怨,又尊又怪的。

回想我的少年时代,和父亲很有几次非常严重的冲突,我毫不留情地说了毫无根据的故意惹他伤心败他声誉的话,气得他浑身发抖,竟一反常态地挥手打起我来。结果我拼力反抗,他的手竟被震麻弄痛。这几次冲突都被母亲细致地记入她的日记,和那些年月她的家庭油盐柴米账记在一起。

如今我的父母也都故去了。我只是在年过半百之后,才在比如说一个阴雨绵绵的傍晚,一个万籁俱静的清夜,忽然痛心疾首,忆及我竟那样毫无妥协余地地伤害过父亲,并把伤痕一直延伸到母亲的心上。

我不知道父亲对我发怒时究竟是怎么想的,他在暴怒时一定视我为"弑父弑君"的大逆不道之徒。其实,仔细想来,我并不是真要妨碍他的继续存在,我只不过是想换一种跟他有区别的活法罢了。

当我翻看着母亲那已成为遗物的日记时,我才发现,其实这世上为我付出感情最多而且最浓又最持久以至能坚持到生命最后一刻的,是我的父亲和母亲。那不止是亲子之爱,也不仅有"不成钢"之恨,还有许许多多超过语言文字表达限度的复杂因素。那真是说不清道不明的。

如今我憬悟,这是没有办法,而且用不着想办法,不该去想办法的事——我的身上,流着父亲传给我的血,当然,那也是我祖父通过他再传给我的。

我是祖父刘云门、父亲刘天演的一个天然遗传物。

和许多中国人一样,我经历了许多次有时是很激烈的代间冲突。因为政治,因为经济,因为道德观,因为兴趣爱好分流,因为认识分歧,因为感情波动,因为性格的变异,因为无端的烦躁,因为单向或双向的误解,以及什么也不因为……有时是被时代、社会的大潮流所推动,有时迫于具体处境,有时完全是主动出击,有时似乎非常清醒,有时实在是浑浑噩噩,有时始于理性而终于非理性……代间的冲突酿成了一出出悲喜正闹的活剧。

我不是宗教徒。绝大多数中国人都和我一样,没有宗教信仰。我们不觉得有一个至高无上的上帝在我们的肉体和灵魂之上,而我们都面对着他,因此要对他负责。西方基督教文化的浸润,使大多数西方人觉得在人与人之上有一个上帝,上帝面前人人平等,代间的差异冲突和个体生命与上帝的差异和冲突相比,因有质的不同,所以简直微不足道。人与人的关系是面对上帝的平行线。我们中国人,尤其汉族绝大多数人,人与人之间是亲族的链环关系,一个人,只是这链中的一环。比如我,我没有上帝,我只能这样来确定我的

我的根：20世纪初在北京净土寺胡同"朴园"的照片。第二排左一是刘心武祖父刘云门。前排左边小童身后是刘心武父亲刘天演。

位置：我是我祖父祖母的孙子、父母的儿子、妻子的丈夫、儿子的父亲，以及谁谁谁的朋友、谁谁谁的对头、谁谁谁的邻居，等等。我需对以上种种人际关系负责。现在我非常理解孔夫子提出的"仁"，这个字拆开了就是"二人"。是的，儒家学说的精髓就是让我们时刻意识到，我们没有单独的个人价值，我们个人的价值是建筑在起码两个人以上的关系上的。而在我们所置身的人际链环中，最重要的是：我们

1956年父亲刘天演在故宫

是谁的后代?我们是否令他们满意?

我不知道祖父如果看得到今日的我,他会有何观感。父亲没有等到我大踏步走入文坛,就过世了,他其实并不一定希望我成为一个作家。想起来常常发愣,为什么父子间的冲突,即使在最亲和的家庭中,也往往不能避免?

《红楼梦》里写到的贾政和贾宝玉的冲突,常被论家定性为封建与反封建的冲突。这诚然是一种很有道理的辨析,但其实贾宝玉何尝有"弑父弑君"之想?他自己又何尝有明确的"反封建"理性?近年已有论家著文,说贾宝玉是个浪漫诗人,他要生活在诗境里,所以不断和现实发生矛盾。

他与蒋玉菡交厚,与金钏儿调情,都并非是针对君、父的,他那"下流痴病"纵使发展到极端,也不至于去参加农民起义军,掀翻王朝和贵族府第。他的"不肖",在偶然事态的引发下,使得贾政恨不能把他"一发勒死了,以绝将来之患"。但时过境迁,虽然父子间的心灵取向仍然不同乃至愈加分歧,贾政也并不坚持"必欲除之而后快",第三十三回写了"不肖种种大承笞挞",到第七十八回,却又有"老学士闲征姽婳词":贾政要宝玉写一首诗歌颂抵御"流寇"的林四娘,宝玉不但遵从,还积极到主动写出"长篇一首"的地步,而贾政此时对宝玉的看法,已修正为:"虽不读书,竟颇能解此,细评起来,也还不算十分玷污了祖宗。"作为人际链环中直接相衔的两环,他们不管如何冲突,到头来,也还是"一荣俱荣,一损俱损"。按曹雪芹原来的构思,贾家遭劫,那贾政和贾宝玉是一起被"链拿"的,在那时,他们父子难道会互相"幸灾乐祸"吗?没有宗教,我们只能格外重视亲情。儒家学说有时被尊为"儒教",但那其实不是宗教,因为那教义里没有上帝。孔夫子是"圣人",不是神。"打倒孔老二"曾给予"五四"时的新青年们以革新乃至革命的激情,但中华古老的"族链"还是把中国人组织在了人际链环中。"单个的人",还是难以存在,无论在哪样的阵营中。20世纪70年代的"批孔"是为了"批林",都说"文革"是造神,其实它的效应仍是圣人崇拜。20世纪80年代就有"单个的人"在中国出现吗?我们看不清楚。20世纪90年代呢?我们看到了许多脱离链环的无序现象,同时感受到一种普遍存在的"清理修复链条"的社会性呼吁。其实西方的基督教文化也是排斥混乱无序的,任何一种社会都不允许一盘散沙的状况长期存在,甚至短期的存在也不允许。无论哪儿的人类都需要良性共处的"游戏规则",我不是根据理性而是凭着直觉,宣布中国人的社会到头来还是要用"理顺链环"来达到民族亲和,而第一步,可能就是祖、父、子三代间在冲突后的和解与妥协。

忽然想到王朔,不少人说他是"痞子作家",没正形儿,把一切化为笑谈,可是他也写了《我是你爸爸》。这篇小说里有一种宿命的忧伤,我读的时候常常想到其作品以外。对于我们中国人来说,谁是我爸爸,谁是我儿子、孙子,或反过来,我是谁爸爸,我是谁的儿孙,实在是太重要了!以王朔为主策划出的电视连续剧,里面充满对上一代、老规矩的揶揄,有时甚至达到刻薄的程度。可它那主题歌,却又高唱"人字的结构,就是相互支撑"。这是典型的中国传统意识,只有汉字里的"人"才能引发这样的联想。我想这也未必是电视剧合作者们的"狡猾策略",很可能恰是他们心灵深处无可逃逸的文化基因使然。又忽然想到电视剧《北京人在纽约》,这是一部让许多中国人败兴的戏。有人就问:纽约既然是那么可怕的一个"战场",为什么还有那么多去了那儿的人在"坚持战斗"?可见他们到头来还是舍不得什么。那究竟是什么?他们坚持战斗就能如数得到么?那些企图挣脱中国链环的中国人,他们到头来还是脱不掉,或他们自以为脱掉了,却并不能成为西式"平行线",或终于成为"平行线"了,却又并不那么舒服。这种中西文化冲突往往构成个别人乃至一定群体的大悲剧。这类悲剧的底蕴恐怕是一个永远的谜。我没有猜谜的能力,但我却无端地由此想到那牵着我们中国一代代祖、父、孙的神秘之链。这不是一个什么爱国不爱国的问题,这里面有一种超出政治、经济和一般意义上的道德、伦理范畴的无形力量。

我读了萧荑老人忆念我祖父的文章,竟浮想联翩。心中充满一种莫可名状的大悲悯,为祖父、为父亲,并且为我自己。50岁前,我也曾充满"审父"的激情,我珍惜那份情怀,我并不是要为此忏悔。我现在面对着我的儿子,我努力去做他的朋友,但我经常不能容忍他的忤逆,我和他有过多次相当惊心动魄的冲突。我认为我对他的训斥乃至于暴怒,大体上都是对我,并且对他有益。我并不期待他年过半百时对我悲悯。但我铭心刻骨地意识到,正如我与祖父、父亲是紧紧相衔的链环一样,儿子也是和我紧紧相衔的一个链环。这链环应当延续下去,链中一环——这是我们中国人无可回避也毋庸逃遁的命运。

免费午餐

"世上没有免费的午餐",这是流传到我们这边的一句西谚。如今在外企当白领的,往往中午会有似乎免费的盒饭,其实那份开支,是打在雇佣成本里的,道是免费实不然。午餐无免费,晚餐亦然。总之,这句话道出了一个冷森森的商品社会的"游戏规则"。这句话实在是"一句顶一万句",因为诸如"买一送一""跳楼价、吐血价大甩卖""先入住后付款""两年后退回全部货款""开业让利大酬宾、大派送""只收成本费,邮购从速,以免向隅"……透过那动人的字面与魅惑的行为模式,其内在的实质,都是并无"免费午餐"可言——即使那种广告方式与促销手段尚属正当的商业竞争。

不过,在人际交往中,有时却也真会被邀进免费的饭局。父亲在世时,曾向我讲述过他年轻时所获得过的一次免费午餐。那是20世纪20年代初,父亲才十七八岁,因为祖父远行,而后祖母对他极为苛啬,所以他离开了家庭,一个人在社会上闯荡;那时他的维生手段之一,是代人投考名牌大学,他也实在是有应考的才能与气数,竟每回都能高中;但是他从那些私雇他冒考的少爷手里,每回也得不到几个钱,用不上多久便又一筹莫展。父亲本人何尝不想进入名牌大学,但纵使他让自己考取了头一名,也没钱缴纳学费;就算学校爱才如渴,准许他减免学费,他也无法应付食宿等方面的开支;而勤工俭学,路子也不是那么好找;唯一的办法,便是设法贷到一笔款,毕业后尽早归还。谁能贷给他款呢?想来想去,有这种实力并可能情愿的,应在祖父所交往的伯叔辈中。父亲在那一年的夏天为自己去应考,以优异成绩被协和医学院放榜录取,这令他万分兴奋,当一名救死扶伤的医生既是祖父对他的期望也是他自己的夙愿,于是筹措入学读书的费用便成了当务之急。他经过一番盘算,决定向一位祖父的老友求助,该人当时在社会上已享有很大的名气,经济状况极佳,并且从小看着他长大。

父亲找到了那位名人。是住在一所很堂皇的四合院里。该人见了父亲,不待父亲发话,便感慨万端地说,我祖父这人性格真够特别,竟可抛下家小一个人远走高飞!又说我后祖母实在不像话,祖父寄回的钱居然一个子儿也不给我父亲,书香门第的后裔沦落成了流浪青年!父亲听了非常感动,原来这位伯伯很了解情况，并关爱着自己，于是便倾诉起自己的具体窘境和祈盼来；名人没听完便有电话打来，一连接听打出了几个电话后，名人便蔼然可亲地对父亲说，中午有个饭局，无妨一同去，席间可以继续聊。

父亲跟着那位名人，乘坐当时仍颇时髦的弹簧马车到了前门外的"撷英番菜馆"，这是当时显贵名流们才有财力与雅兴去消费的一家最著名的西餐馆。

很多年以后，父亲仍能描述出那一顿午餐的种种情景，从餐馆的外观到内部，从厅堂到餐桌以及闪闪发光的杯盘刀叉，从与宴男女的衣着到各个人的做派，从头道汤到色拉、

在协和医学院求学时的父亲

主菜到最后的甜点……祖父在北京时不曾带父亲吃过这么高档的西餐,想到这一点父亲便更加感激那位伯伯的厚待。而这一切都还不是主要的,更令父亲念念不忘的,是那天在席间出现的,几乎都是后来进入历史的人物,有的是社会活动家,有的是艺术家,有的是学者、教授。刚进入餐厅时父亲惶恐不安,非常自卑;但那位名人牵着他的手引他入席,并向大家介绍说他是祖父的公子,显然祖父在这些人心目中也是有相当分量的,父亲发现席间的名流们对他都很友善,于是也就慢慢放松下来……

那是父亲青年时代所享用到的一次高档、丰美、雅致的免费午餐,令我听来也不禁神往。父亲没有详细地向我讲述这顿免费午餐的结局,但有一点那是交代得很清楚的:他没能从那位名流伯伯那里得到另外的帮助。

我问父亲:"您饭都吃了,为什么不能要求他借给您钱呢?"

父亲说:"他们一直聊得很欢,我简直没有办法插进话去。"

我再问:"吃完饭,您可以单独向他提呀!"

父亲说:"饭局一散,我发现他们都忙极了,各人都有自己的'下一站'……我实际上也没有办法找到一个单独的机会……人们都纷纷礼貌地，甚至可以说是带有爱怜之情地跟我握手告别……"

我还问："那么，您可以再到他家里找他呀！"

父亲说："也曾有过那样的念头，不过，没有去……"

我说："是因为觉得，他太虚伪了吧？"

父亲正色道："不！怎么能怪人家虚伪呢？那顿午餐，人家让我一起去，是出于真心真意的！"

我说："可是，他到头来没有借您钱呀！"

父亲说："这就是我讲这件事给你听，要你悟出来的：别人不该你不欠你！在你一生中，你应该尽量去帮助别人，可是却一定不要有依赖别人的想法！别人可能会向你提供一顿免费午餐，但你自己一生的餐饭事业，还是需要你自己去挣出来！"

我正琢磨这话，父亲又说："其实，后来我成家立业以后，也曾无意中这样对待过别人……我可以请他一餐饭，听他诉苦，给他些安慰，可是，要我付出相当的代价帮助他，往往还是下不了决心……也许，除了是你那时不帮他他马上就活不下去，人际之间，还是这样为好——可以给一顿免费午餐，却还是希望每个人自己想办法，去安身立命！"

父亲作古快20年了。我的年龄已超过父亲讲述那次午餐时的年龄。我的人生途程中，已积累了不少"免费午餐"的经验。有时是别人邀赐我，确实并无直接的功利动机，不是为了约稿、题辞什么的，真的只是为了聚聚；席间往往会有我原来并不认识、并且以后也不会联络的人。我悟出，这种"免费午餐"的意义，在令邀请者快意；这种人生际会不可全拒，亦不可全应；在这种场合，我常常深刻地意识到，"我"是一个独特的生命，将就他人实在是桩辛苦的事。有时却又是我邀人赴餐馆或在家中留饭，这里说的我为别人提供的"免费的午餐"，当然排除了至爱亲朋间的来往，而专指半生不熟的或求上门来的生人，我会在招待他们的一餐中，获得某种心理满足，而正如我父亲所总结的，我往往并不能更多地帮助他们；在这种场合里，我常常又铭心刻骨地意识到，"我""你""他"到头来都是社会性动物，每一个人要真正解决他所面临的生存问题，除了他自己的努力，真正靠得牢把得稳的，还不是个别他人的帮助，而是一个好的社会机制，一些好的（尤其是把公平原则放在第一位的）"游戏规则"，一套好的社会保障体系，一种好的道德文化氛围，等等。

商业上的"免费午餐"式促销手段，或许有一时的轰动效应，却到头来不如"一分钱一分货"的以质取胜的老实态度，更能扎扎实实地获取"阳光下的利润"。人际间的和谐，一对一地进行具体帮助，"陌路相逢，肥马轻裘蔽之而无憾"，固然是美德，我父母，我与我爱人，也不都仅是给人一次"免费午餐"，也都曾有过以不小份额的钱财助人的作为，但到头来是不可能一对一地赞助所有遇到的人的。我想绝大多数人亦然。因此，我们大家共同努力，比如说把个人根据税则向组织社会生活的政府按时按数纳税，看得比一对一地赞助救援更加重要，并把监督政府廉洁地将税款用于建立健全社会性保障、救助机制，看得比个人捐善款留芳名更重要，那么，我们自己、他人，乃至整个民族，是不是便能生存得更合理、更惬意呢？

父亲脊背上的痱子

我5岁时,本已同父母分床而睡,可是那时我不仅已能做梦,而且还常做噩梦。梦的内容,往往醒时还记得,所以惊醒以后,便跳下床,光脚跑到父母的床上,硬挤在他们身边一起睡。开头几次,被我搅醒的父母不仅像赶小猫似的发出呵斥我的声响,父亲还叹着气把我抱回到我那张小床上。后来屡屡如此,父母实在疲乏得连呵斥的力气也没有了,便只好在半醒状态下很不高兴地翻个身,把我容纳下来。而我,虽挤到了父母的床上,却依然心中充满恐怖。于是我便常常把我的身子,尤其是我的小脸,紧贴到父亲的脊背上,在终于获得一种扎实的安全感以后,我才能昏沉入睡。

我做的是些什么样的噩梦?现在仍残留在我记忆里,大体是被"拍花子"拐走的一些场景。那时,母亲和来我家借东西兼拉家常的邻家妇人,她们所摆谈的内容,绝大部分对我来说毫无意义,也不可能留下什么印象。但是她们所讲到的"拍花子"拐小孩的种种传闻,却总是仿佛忽然令我的耳朵打开了接收的闸门——尽管我本来可能是在玩胶泥，并在倾听院子里几只大鹅的叫声——她们讲到，"拍花子"会在像我这样的小孩不听大人的话，偷跑到院子外面去看热闹时，忽然走到小孩身边，用巴掌一拍小孩脑袋，小孩就什么都听不见看不见了。单只能听见"拍花子"说："走，走，跟我走啊跟我走……"也单只能看见"拍花子"身后的窄窄的一条路，于是便傻呆呆地跟着那"拍花子"的走了。当然就再看不到爸爸妈妈，再回不到家了……这些话语嵌进我的小脑袋瓜，使我害怕得要命。特别是，每当这时我往妈妈她们那边一望，便会发现妈妈她们也正在望我。妈妈的眼光倒没什么，可那女邻居的一双眼睛，却让我觉得仿佛她已经看见"拍花子"在拍我了。我就往往歪嘴哭起来，用泥手抹眼泪，妈妈便急得赶快抓我的手……

我在关于"拍花子"拍我的种种梦境——一个比一个更离奇恐怖——中惊醒后，直奔父母那里，并习惯性地将脸和身子紧贴父亲的脊背，蜷成一团，很快使父亲的脊背上，捂出一大片痱子，并无望消失。开始，父亲只是在起床后烦躁地伸手去挠痒，但挠不到，于是便用"老头乐"使劲地抓挠。但那时父亲不过40来岁，还不老，更不以此为乐，他当然很快就发现了那片痱子的来源。不过，在我的记忆里，父亲并没有因此而愤怒,更没有打我。只记得他对我有一个颇为滑稽的表情,说:"嘿嘿嘿,原来是你兴的怪!"母亲对此好像也并不怎么在意,记得还一边往爸爸脊背上扑痱子粉,一边忍俊不禁地说:"你看你看,他这么个细娃儿,他就发起梦铳来啦!""发梦铳"就是因做梦而呈现古怪的表现,但母亲似乎从未问过我,究竟都做过些什么梦。

弗洛伊德,当然很了不起,但他那关于儿子多有"恋母情结"和"弑父情结"的潜意识等论述,于我的个人经验,实在是对不上号。尤其是对父亲的感情记忆,最深刻的,是我在极端恐怖时,得到了他脊背的庇护,且给他长期造成了一片难息的痱子,他又并未因此给我以责罚。我感激还来不及,怎会生"弑父"之心?父亲的脊背,并不怎样宽阔雄厚,我现在回忆起来,也并无更丰富的联想,比如后来他又如何以"无形的脊背",给我以呵护和力量,等等。而且,情形还恰恰相反,他年过半百之后,对我的亲子之情虽依旧,对我的学业、前程、着落等大事,竟懒得过问,甚至撒手不管。记得我上中学以后,班主任来找家长,他招呼一下,便自己看报,母亲跟班主任谈完后跟他说,老师要走了,他便站起来点头送客。这时老师话语中提及了我们学校的名字,他竟脱口而出地说:"怎么,心武是在二十一中上学吗?"我上到高中,换了学校,他还是闹不清,递给他成绩单,他草草拿眼一浏,好坏都不感兴趣。据说我大哥小的时候,常因成绩不佳,被他打屁股,打得很认真。母亲后来对我说,父亲是因为管孩子"管伤了"(腻烦了),所以到我这老五,便听之由之,全权交由母亲来管教。1960年,父亲由贸易部调到一所部队院校任教,他和母亲去了张家口。当时哥哥都在外地,姐姐已出嫁,我还在上学,父亲却把北京的宿舍全部交出,让我去住校,不给我留房——那时贸易部是完全可以给家属留房的,另外同时调去的就给家里人留了房。但父亲觉得我应该过住校的生活,并完全独立,那时,我还未满18周岁。

父亲在73岁那年过世(母亲则是在84岁那年),他那曾被我捂出痱子的脊背,自然连同他身体的其他部分一样,都化作了骨灰。父亲不是名人,一生不曾真正发达过,他的坎坷比起很多知识分子的遭遇来,也远不足以令人长太息,他的同辈友人,几乎也都谢世,现在能忆念的,也就是我们4个子女(大哥先他而逝)。而我对他的忆念,竟越来越集中在他那脊背因我而炸出的一片痱子上。在人类漫漫的历史中,在无数轰轰烈烈、惊心动魄的世事中,这对我父亲脊背上那片赤红鼓凸的痱子的忆念,是否极卑微、极琐屑,而且过分地私密了?

不,我不这样看。在这静静的秋夜里,我回忆起父亲脊背上的那片痱子,我想到了一个伟大的话题,这个话题常常被我们所忽略,那就是父爱。我们对母爱倾泻的话语实在太多太多,甚至于把话说绝:"世上只有妈妈好!"其实,仅有妈妈的爱,人子的心性是绝不能健全的。世界、人类,一定要同时存在着与母爱同样浓酽的父爱,我指的是那种最本原的父爱,还暂不论及养和教,不论及熏陶和人格影响。

所谓"阴盛阳衰",是时下人们对我们中国体育竞赛状况常有的叹息,其实,就母爱和父爱的外化状况、揄扬程度、研究探讨,特别是内在的自觉性和力度上,我们似乎也是"阴盛阳衰"。中国男人要提升阳刚度,浓酽其父爱,也应是必修课之一!

我自己现在已年过半百,比背上捂出一片痱子的父亲那时,还老许多。我的儿子,也已经很大,扪心自问,我对儿子,是有那最本原的父爱的。我常常意识到,不管怎么说,他和我,有一种永远无法摆脱的、宿命的链环关系——他是我一粒精子同他母亲一粒卵子的共同作品。他的基因里,有我的遗传,我不能不给予他一种特别的感情,并企盼这种感情能够穿越我们生命,穿越世事,并穿越我们的代间冲突

（那是一定会有的），而熔铸于使整个人类得以延续下去的因果之中。

直到这个静静的秋夜，我还没有把父亲脊背上的痱子讲给儿子听，不讲了，既然写下了这篇文章。儿子现在不读我的文章，虽然他以我写文章而谋生暗暗自豪。儿子说过，不着急，我的书就在书架上，总有那么一天，他会坐下来，专门读我的书，我希望他会在这本书里发现这篇文章。那时，也许他已经有自己的儿子或女儿了，他心里会涌出一股柔情，想到：你看，父亲从爷爷那里得到过，我从父亲那里得到过，我还要给予我的孩子，那是很朴素很本原的东西，一种天然的情感磁场，而这连环般的连续"磁化"，也便永恒。

能够善良

父亲去世20多年了。记得1955年,报上公布了"关于胡风反革命集团的材料",后来还印成了小册子,编者按语里说,像胡风那样的反革命分子的所作所为,"成千上万的善良人是不知道的"。父亲在饭桌上跟母亲说,他看完那些从胡风等人的私人信件中摘出的段落与句子编就的材料,确实不懂,自己算是一个"善良人"吧。后来,报上发表了郭沫若批判"胡风反革命集团"的文章,父亲在饭桌上对母亲说,这下不要怀疑了。我家祖籍四川,父亲对也是四川籍的大名人郭沫若有特殊的尊重与信任,郭沫若文章是怎么写的并不那么重要,关键是郭沫若出来表态了,当时,这对我父亲那样的人,是非同小可的事。后来,从胡风的事,引发出轰轰烈烈的、全国性的、涉及每一行业的"肃清反革命运动",父亲自己没有问题,对运动没有抵触,凡因为别人的问题,搞"外调"的找到他,他总是把自己知道的情况,如实说出,有时"外调"人员感谢他,说他提供的事实解决了某一疑点，有时则责怪他，说他没有很好地与拟定的前提相配合，父亲当然不会在回家后，在饭桌上讲这些事，那是我后来知道的。不过，记得是"肃反"运动过后不久，大约在1956年初，他在饭桌上和母亲商量，把一位蓝娘娘，接到我家暂住。蓝娘娘后来在我家住了大约半年多才走。蓝娘娘早年留学德国，历史上有某种问题，"肃反"时被逮捕判刑，后提前释放。因为她是个老处女，且近亲稀疏，释放后无处落脚，当时我家住房较宽，经我姑妈介绍，父亲和母亲就接待了她。那时我父亲政治上很要求进步，每晚在灯下都要学习毛主席著作，还把毛主席训诫知识分子的引语"头重脚轻根底浅，嘴尖皮厚腹中空"大字抄下，贴在床头，每天对着三省其身；后来就有人劝告，乃至质问父亲："你怎么把一个反革命分子留在家中？"父亲说："她的问题，已经弄清楚了，刑期也满了，恢复公民权了，正等待安排到大学里教书，不是反革命了呀！"劝诫者就对我父亲说："你这人太善良，太天真，太糊涂了！"记得父亲在饭桌上对母亲说——当时蓝娘娘外出不在场——"善良，天真，有什么不好呢？不过，我倒真有些糊涂了——难道一个人犯了错误，也已经受过了惩罚，她有困难，不该帮助她吗？"就这样，父母把蓝娘娘一直留住到落实了大学里的教职。

1958年,《文艺报》搞了"再批判",把丁玲、王实味、艾青、萧军等人20世纪40年代发表的文章登出"示众",并再加严厉批判,编者按说,这些人"奇就奇在以革命者的姿态写反革命的文章",可以使"鼻子塞了的开通起来,天真烂漫、世事不知的青年人或老年人迅速知道了许多世事"。也是在家中饭桌上,父亲叹息说,怎么竟看不出丁玲、萧军他们写的是反革命文章呢?到头来,自己还是"天真烂漫"的"善良人"啊!

再后来,"文革"风暴乍起,1966年6月4日,《人民日报》发表社论《撕掉资产阶级"自由、平等、博爱"的遮羞布》,里头说,"打红旗的敌人比打白旗的敌人更危险",忘记了这一点,"那就是马大哈,那就是糊涂人",父亲很惶恐,承认自己是"糊涂人"。都到1966年年底了,我跟他说,刘少奇肯定要打倒了,他却说,毛主席接见红卫兵,刘少奇不也在天安门上吗?一起打下了这个江山,为什么打倒他呢?他就那么一直"善良"、"天真烂漫"、"糊涂"到底。

在父亲所经历的一波更比一波汹涌诡谲的政治运动中,"善良人"不是一个好称谓,充其量,是可以教育、改造的中间派的意思吧。到"文革"如火如荼开展起来以后,"善良人""糊涂人"等的存在空间也被取缔了,主流话语中也不再有争取"善良人"的字句了，原来在"革命者"扩大化地打击"反革命"时，尚可充当缓冲剂的父亲那样的"成千上万的善良人"，也基本上都沦为了牛鬼蛇神。听说父亲被"造反派"揪出来，开列出一大堆"罪状"后，在批斗他的会上，当人们高喊打倒他的口号时，他也跟着举臂高喊打倒自己，有的"造反派"对他

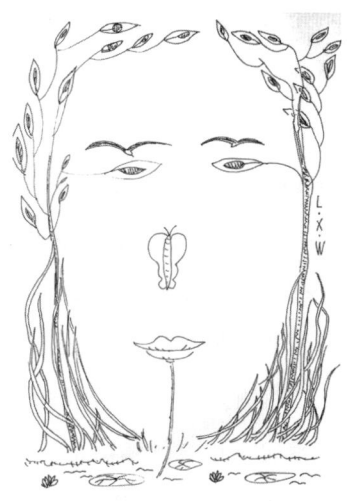

善良，是无法物质化而又实际存在的天地正气。

暗自窃笑，有的"造反派"反责他"别有用心"。我后来听说了这个情况，只是鼻酸心颤；我深深地理解父亲，作为一个多余的"善良人"，他那时只能这样彻底清算自己的存在价值。

在以阶级斗争为纲的大时代里，父亲是个失败者。但父亲给我留下了一份遗产，就是即使认同了必要的斗争，心头也总舍弃不了一份善良。1980年，我发表了中篇小说《如意》，在这个作品里，我写了一个大体游离在政治斗争和路

线斗争主潮之外的,以"人要把人当人待"这类朴素的良知,支撑生命认知、支配行为的善良人——一个在中学扫地的工友石大爷,诠释这个人物的内心活动时,我动用了父亲给我的心灵滋养,那就是一个人无论如何,要努力使自己能够善良。后来这个作品受到了当时文学理论界权威人士的严厉批评,认为不能对低于阶级觉悟和路线觉悟的、朴素的人道主义,即善心,作出这样的讴歌。可惜《如意》发表时父亲已然谢世,否则可以听听他的意见;或者我应该这样想:幸亏父亲这时已然谢世,否则,他看到我遭受到那样的批评,会受到新的刺激。

现在已经不再"以阶级斗争为纲","路线斗争"的提法似乎也已式微,胡风及其文友、丁玲、萧军等都已恢复了名誉,刘少奇更在纪念其百年诞辰中获得了极高的评价,在那类人与事上体现善良,应已不是问题。但社会仍有不公正,有蒙受不公而遭到屈辱的弱者,有并非恶人的失势者失败者失落者,有经济上穷窘的人,也有心灵极度焦虑的人,更有在社会边缘几乎被中心和主流忽略遗忘的为数不少的群体与个人,因此,对他们能否善良,仍是我们清夜扪心时,应该自问的一个问题。退一万步,无论怎么说,一个社会至少不要总是批判善良,以湮没掉善良为其矢的。

回观父亲，想想自己，我要说：个人能够坚守善良，社会能够容纳善良，民族发展的进程中，也许便会少些悲剧吧。

1998年9月7日初稿

1999年1月25日二稿

健康携梦人

二哥年届八旬,还以专家身份赴美参加活动。从美国归来,他兴奋地向我宣布:终于找到啦!他找到什么了?那满脸孩童般的笑容,标志着一个梦想的兑现。

二哥热爱电影艺术。他长我15岁之多,他的青少年时代,深受中国左翼电影和美国好莱坞电影的影响,说是影迷都还不够,得说是一个影痴。他常常幻想自己成电影导演,于是拿起一本小说就喝醉酒一般分起镜头来。1950年以后,他又喜欢上了苏联电影,以及一些译制过来的西方进步电影,他还精读过乔治·萨杜尔撰写的电影史,因此,对于一些他未看到过而电影史上提到的老电影,充满了观看的憧憬。改革开放以后,他陆续收集到了心仪许久的爱森斯坦导演的《战舰波将金号》、阮玲玉主演的《神女》、黑泽明导演的《罗生门》等名片的光盘,反复观赏之,细心珍藏之,还常常跟我讨论其中的种种奥妙。我也一直帮他搜罗他始终求而未得的电影光盘,他希望拥有好莱坞黑白老片《金石盟》的光盘，我踏破铁鞋终于觅得，立刻孝敬他，谁知他看后来电话告诉我，他要的是后来当了总统的里根参演的那一部，"这鸭头不是那丫头，头上哪有桂花油"，我买的《金石盟》却是另外的一部。何挑剔若此？我不免讥讽他：干脆到电影学院教电影史去吧，我可不伺候你了！话虽如此，实际上近年来我还是忠心耿耿地为二哥觅盘，如苏联的《雁南飞》、日本的《裸岛》、瑞典的《野草莓》、法国的《禁止的游戏》、意大利的《卡比莉亚之夜》等，他收到后都视为宝贝。

现在真是资讯丰富，二哥根据电影史脉络搜集光盘，十几年来，所列索引中空白点越来越少，但有一部美国格里菲斯的《党同伐异》，一直找不到。为此，我甚至帮他去辗转询问北京的电影资料馆，又跟出音像制品的机构提出建议，但资料馆并无相关拷贝，音像机构则反问我：这样的光盘有谁会买？确实也是，格里菲斯20世纪初的这部黑白无声影片，由4个时空差异极大的故事构成，那是他艺术雄心的产物，没想到却成了票房毒药，一般观众完全不能接受他那种时空交错的叙述策略，加上剪辑完成后还长达三四个小时，看不懂加上疲劳，导致格里菲斯被市场和俗众抛弃，他经济上破产，精神上破灭，虽然此后也还拍出了几部媚俗卖座的电影，困境稍有缓解，但一代电影枭雄，终究抱恨仙去。二哥偏对《党同伐异》抱有超常的好奇心。没想到，这回他在美国，终于淘到了《党同伐异》的光盘，带回北京，仿佛举办嘉年华会似的，在我家与我品茗共赏。

二哥圆了梦。就像二十几年前，我头一回看到了法国新浪潮代表作《四百下》，以及《广岛之恋》《去年在马利昂巴得》等影片一样，梦想成真，梦里看花花丛梦醉，是精神上的大舒张，大欢娱。

自从世界上有了电影，就出现了影迷。后来又增添了电视，更膨胀起了网络。一般俗众里出现了追星族，稍雅一点的，不仅会熟知影星，还会注意到并非明星的表演艺术家，更进一步对某些导演津津乐道，甚至像二哥一样，能从史的角度，欣赏电影艺术。我自己也是一个影迷。50年前，我曾把苏联电影《雁南飞》女主角扮演者萨莫依诺娃的照片，斜贴在自己床头，那是从国际书店买到的《苏联银幕》原版杂志上裁下来的。和世上许许多多的追星梦想者一样，二哥和我，携梦度过我们的人生。

其实，我们的父亲，青春期里，也曾把一位电影明星作为梦中情人。到我上中学的时候，父亲早年的观影激情已经淡化到接近于零，他对二哥和我，以及其他晚辈所欣赏的那些影片，已经完全没有了兴趣，就像我现在对《蜘蛛侠》一类的"大片"难以接受一样，但是，有一天，他却难得地带我去看了一部新电影《鲁班的传说》，导演孙瑜，主演魏鹤龄，片子拍得中规中矩，评价起来也不过是还算有趣罢了，我很纳闷父亲何以要去看那样一部电影。后来还是二哥揭开了秘密：那部片子里，有一场戏，表现鲁班受母亲的启示，发明了木匠工艺里的墨线盒子。鲁母扮演者王汉伦，是20世纪中国早期无声影片的女明星，父亲早年看过她主演的《孤儿救主记》后，大受震动，以后凡她出演的电影，一定去看，是否给她写过表达仰慕的信件，用二哥的话说是"十分可疑"。王汉伦在有声片出现后，就基本上隐退了，因为她说不来"国语"。但到50多岁的时候，她却又昙花一现于孙瑜的片子里，没有台词，仅以面部表情和肢体语言，塑造一位慈蔼而又睿智的劳动妇女。因为父亲观影后连赞"姜是老的辣"，使得我也觉得王汉伦确实非同凡俗。前两年我购得《鲁班的传说》光盘，把王汉伦出演鲁母的片段反复看了一阵，思绪缱绻。

艺术催梦，明星诱梦，无论雅俗，人生难免携梦而行。我儿子那一辈，念念不忘的是南斯拉夫电影《瓦尔特保卫萨拉热窝》和《桥》，里面的台词至今可以脱口而出，电影配乐及其插曲随时哼唱。"80后""90后"的一辈，一般已不知谁是白杨、赵丹，更遑论王汉伦、金焰，甚至对达斯汀·霍夫曼和山口百惠也茫然无知，大多只对港台的人已中年的刘德华、张曼玉和刚出道的二十郎当岁的新星梦寐以求。梦在更新，梦在继续。人生携梦，有甚稀奇？倒是从未被文艺打动，连青春期都无绮梦的人士，堪称罕见。

但是，我们一定要做一个健康携梦人，就是一方面以梦想寄托心灵里某些无法在现实中安放的东西，一方面心里头倍儿明晰：人首先需要在现实中立足；能够成为所谓"梦中人"的，实属凤毛麟角；携梦前行却不可让梦吞噬。我童年和少年时代一直住在一个机关大院里，那本是一所带花园的豪华四合院，后院有极粗壮巍峨的古槐，槐荫下后罩房西头那家，子女众多，事业有成者不少，但那家的大哥，那时已经30多岁了，身体看去没有毛病，却整天坐在一只大木箱上，痴痴地傻笑。据说他是在少年时代迷恋上了电影，特别迷恋影星胡蝶，收集了无数有关胡蝶的资料，全珍藏在那只木箱里；他荒废了学业，稍大几次离家出走，去寻胡蝶，等到父母感到他不是一般的荒唐，而是患上了精神病时，再带他去求医问药已经晚了。但他的病态是安静型的，对他人没有侵犯性，后来也不再离家乱转，每天除了吃饭、睡觉，就是坐在那只大木箱上傻笑，据他母亲说，他是觉得自己已经

如鱼饮水冷暖自知（2011年）

跟胡蝶成婚，在幻想中过上了美满的夫妻生活。当时的时代潮流是绝不允许年轻人坐在家里吃闲饭的，所以街道上安排他到纸盒厂当工人，他母亲送他去上班那天，从前院我家窗前经过，当时我和父亲都看见了，父亲感叹了一句："唉，让梦毁了啊！"父亲的感叹，是我第一次受到"应该做一个健康携梦人"的思想启迪。

值得庆幸的是，我们家的成员，我的亲友们，以及社会上的绝大多数人，都是健康携梦人。父亲虽然没有什么卓越的功勋，但是你如果去查阅五十几年前的《人民海关》杂志，会看到他发表的关于海关业务方面的论文；他晚年在解放军外语学院的教学成绩，更有许多学员口碑为证。二哥几十年来一直是某方面的技术专家，他热爱电影却一生不可能直接参与电影的创作，这更彰显出他生命状态的丰富与浪漫。人在社会中先找到并确立自己可奉献社会，并从社会获得安身立命的职业，再从容携浪漫梦想跋涉于人生途程，才算活得有意义，活得有趣。

做一个健康携梦人，主要是自我控制。身边亲友的适时提醒，也是防止因梦成患的重要因素。社会舆论导向，非常重要，时下某些传媒对文艺梦、追星梦的无节制渲染，只顾吸引眼球换取经济效益，而忘却了对青少年心性健康发育所担负的社会责任，挑逗有余，规劝不足，是应当加以检讨并切实改进的。

格里菲斯《党同伐异》里关于古巴比伦陷落的场面，拍得是那样的气势恢弘、层次丰富、摇曳多姿。那时绝无电脑制作等特技手段，甚至连与远处联络的对讲机也还没有发明出来，基本上就靠搭景在自然光下实拍，真难想象他是怎么指挥那几百人的大场面的，又怎么会到头来呈现于观众眼前的镜头里。前景、中景、后景、远镜里人与物的运动那么复杂又和谐，看着那些片段，我这样想：我们的人生，是否也应该是如此多层次、远景深而杂乱中得协调、运动中保平衡呢？

那边多美呀!

一

我妻吕晓歌2009年4月22日晚仙去。

我不能承认这个事实。我不能适应没有晓歌的世界。

一些亲友在劝我节哀的时候,也嘱我写出悼念晓歌的文字。最近一个时期,我写了不少祭奠性文章,忆丁玲,悼雷加,怀念孙轶青,颂扬林斤澜……敲击电脑键盘,文字自动下泄,丝丝缕缕感触,很快结茧,而胸臆中的升华,也很容易地就破茧而出,仿佛飞蛾展翅……但是,提笔想写写晓歌,却无论如何无法理清心中乱麻,只觉得有无数往事纷至沓来、丛聚重叠,欲冲出心口,却形不成片言只语。

晓歌一生不曾有过任何功名。对于我和我的儿子儿媳,她是一个伟大的存在,但对于社会来说,她实在过于平凡。人们对悼念文字的兴趣,多半与被悼念者的公众性程度牵引。晓歌的公众性几乎等于零。这也是她的福分。

王蒙从济南书市回到北京，从电子邮件中获得消息，立刻赶到我家，我扑到他肩上恸哭，他给予我兄长般的紧紧拥抱。维熙和紫兰伉俪来了，维熙兄递我一份手书慰问信，字字真切，句句浸心。燕祥兄来电话慈音暖魂。李黎从美国斯坦福发来诗一般的电子邮件。再复兄从美国科罗拉多来电赐予形而上的哲思。湛秋从悉尼送来长叹。我五本著作的法译本译者，也是挚友的戴鹤白君，说他们全家会去巴黎教堂为晓歌祈祷……他们都是公众人物，他们都接触过平凡的晓歌，他们都告诉我对晓歌的印象是纯洁、善良、正直、文雅的。老友小孔小为及其儿子明明更撰来挽联："荣辱不惊，风雨不悔，红尘修得三生幸；音容长在，世谊长存，青鸟衔来廿载情。"但是唯有我知道得太多太多，可我该如何诉说？

　　忘年交们，颐武、华栋、祝勇、小波和小何、李辉和应红……我让他们过些时再来，他们都以电子邮件表示会随叫随到。我知道我们大家都处在一个世态越见诡谲、歧见越发丛滋、人际难以始终的历史篇页中，但我坚信仍有某些最古朴最本真的因素把我们心灵中最柔软的部分黏合在一起。这个世界每天有多少人在死亡，但他们仍真诚地为一个平凡到极点的师母晓歌的仙去而吃惊，为夕阳西下的我的生理心理状态担忧，这该是我对这世界仍应感到不舍的牵系吧！

温榆斋那边的村友三儿从老远的村子赶到城里的绿叶居,一贯不善于以肢体语言交流的他,这次见到我就拉过我的双手,用他那粗大的手掌握了拍,拍了揉,揉了再握,憨憨地连连说:"这是怎么说的?"

和三儿对坐下来以后,我跟他说:"三儿,我想写写你婶,可就是没法下笔。"没想到他说:"就别写呗。"三儿告诉我,"我爹我妈特好。就跟你跟婶那么好。特好,就不用说什么话。"三儿爹妈相继去世十来年了。他说他还记得有一天的事情。那一年他大概十来岁。他妈给他爹刚做得一双新鞋。鞋底是用麻线在厚厚的布袼褙上纳成的,鞋面又黑又亮。那天晌午暴热,他爹光着膀子,穿条缅裆裤,系条青布腰带,穿着那双新鞋出门去了。忽然变了天,下起瓢泼大雨。他妈就叹气,那新鞋真没福气!过了一阵,他爹回家来了,浑身淋得落汤鸡一般。他爹光着脚,满脚趾渍着烂泥。新鞋呢?三儿妈和三儿都望着三儿爹。三儿爹身姿很奇怪,他两只胳膊紧紧压着胳肢窝,胳膊上的肌肉和胸脯子肉都鼓起老高绷得发硬。

他也没说什么,三儿看出名堂来了,就过去,从爹胳肢窝里先一边再一边,取出了紧紧夹在那里面没有打湿的新布鞋来。三儿妈从三儿手里接过那双鞋,往炕底下一放,就跑过去捶了三儿爹脊背一下,接着就找毛巾给他擦满身雨水……

是呀,三儿爹和三儿妈,包括三儿,在那个场面里,甚至并没有一句语言,但是,那是多么真切的家庭之爱!

我听到此,强忍许久的泪水忽然泉涌。晓歌仙去后,我多次背诵唐朝元稹悼亡妻的《遣悲怀》,"昔日戏言身后意,今朝都到眼前来。""诚知此恨人人有,贫贱夫妻百事哀。""独坐悲君亦自悲,百年都是几多时!""唯将终夜长开眼,报答平生未展眉。"……越过千年,穿过三儿爹妈暴雨时的场景,直达我失去晓歌的心底深处,始信有些情愫确属永恒。

我要将关于我和晓歌共同生活岁月里的那些宝贵的东西,像三儿爹把三儿妈新鞋紧夹在腋下不使暴雨侵蚀一样珍藏。"就别写呗",我心如矿。

二

晓歌仙去后,多日无法安眠。蒙兄郑重地劝我用药。终于还是没用。10天后,渐渐可以断续入睡。总盼梦中能与晓歌重逢,但连日梦里来了一些平日忘掉的人,却并无晓歌身影。

直到晓歌仙去后的第二十三天,应该已经是5月15日早上了,我睡在床上,忽然听到窸窸窣窣的声音,那正是晓歌以往在卧室走动的衣衫摩擦声,多么熟悉,多么亲切!我睁开眼,呀,分明是晓歌回来了!我就从被窝里伸出一只手,招呼她:"晓歌,你回来了么?"晓歌就走过来,蹲下,握住我的手!呀!那是多么幸福的一瞬!……然后,晓歌就站在梳妆台前,梳她的头发。她什么也没说。她又何必说什么!

……忽然又是在我们新婚后居住的柳荫街小院里,耳边似有当年邻居高大妈李大婶说话的声音,晓歌继续梳头,我看不到她面容,只觉得她垂下的头发又长又密又黑,她就站在那边默默地用梳子梳理着……我就发现晓歌买来了新菜,一种是带着一点黄花的微微发紫的芥蓝菜,一种似乎是芹菜,量不大,根根清晰,体现出她一贯少而精的原则,我自觉地把菜放到水盆里去清洗……

……忽然我又躺在床上,仍有窸窸窣窣至为亲切的声音……多好啊!但……忽然想到那天我亲吻她遗体的额头,以及跟她遗体告别……那才是梦吧?我挣扎着从床铺上坐起来,仔细地想:究竟哪一种才是梦?……

……不知道为什么从床上下来后,竟面对一条长长的走廊,我顺那走廊跑,开始绝望:原来晓歌回家是梦!……

于是醒过来。晓歌真的没有了。再不会有她走动时衣衫发出窸窸窣窣的声响了。想痛哭，哭不出来。

才顿悟，原来，她于我，最珍贵的，莫过于日常生活里那窸窸窣窣的声响，包括衣衫摩擦声，也包括鞋底移动声，还有梳头声……

自从三儿给予"就别写呗"的至理箴言，我就决定将那许多许多的珍贵回忆深藏为矿。儿子远远试图引我回忆我和他妈妈的那些酸甜苦辣，我也只跟他讲到一个镜头——

那是1974年，他3岁，我和晓歌带他回四川探望爷爷奶奶，爷爷奶奶那时候被遣返到祖籍安岳县，需先坐火车到成都再转长途汽车方能到达。在成都，挤公共汽车的时候，我把他们母子推搡进了车门，自己却怎么也挤不上去了，被甩在了车下。那时成都的公共汽车秩序一片混乱，一辆来过，下一辆什么时候来，或者干脆再不来了，谁也说不清。我心急如灌沸汤。弱妻幼子，他们在成都完全找不到方向，那时候哪有手机，他们和我失去了联系，天已放黑，如何是好？总算又来了一辆摇摇晃晃的公共汽车，总算在站前停下，但我们等车的挤作一团，谁也挤不上去！那汽车竟又开走了。我绝望了！我想我不如徒步去往要到达的那一站。但那需要多长时间？他们母子就算平安地到站下了车，该在那里等我多久？天完全暗了下来，那时街灯多被打碎，一片漆黑！忽然，又来了一辆公共汽车，有人喊："末班末班！"为了妻儿，我拼足全部生命力往上挤，我挤上去了！

我在目的地那站挤下了车，我一眼看见了我的妻儿站在那里等候我，妻拉着儿一只手，表情看不清，但儿子却使用了鲜明的肢体语言——他一只手没有脱离妈妈，另一只手使劲挥舞，而且，他抬起一只脚，再重重地落到地上……我迎上去，儿子另一只小手立即伸过来让我紧紧地握住……我们，大时代里三个卑微的生命，经过一段锥心的离别，终于又会合到了一起，并为这样的重聚而感到深深的欣慰……我对已经快到不惑之年的儿子说：远远，我们就是这样，穿越岁月的风雨，作为三粒尘埃，依偎着生存过来的，而现在，一粒尘已经仙去，我们两粒还在人间，尽管对人生的意义有许多宏大的理论、严厉的训诫、深奥的探讨，但我以为，记住那次我们短暂而漫长的离别与卑微而深沉的重逢之乐，也许也就理解了亲情在人生中的全部意义……

远儿说他完全不记得3岁时的那次失散与重聚。但听了以后他热泪盈眶。

我把他妈妈第一次梦回的情形讲述给他。我找出宋朝苏轼的《江城子》词读给他听："……夜来幽梦忽还乡，小轩窗，正梳妆……"

亲爱的晓歌，愿你常回家，在你的梳妆台前窸窸窣窣地梳理你的长发……

三

"针线犹存未忍开"。晓歌的遗物，应该清理，却不忍清理。

我和晓歌是新式夫妻。我们互相尊重对方的隐私。晓歌嫁给我以后没带过来什么隐私物品，但她后来有自己的一些笔记本，她会从报纸上剪贴下一些自己觉得喜欢或可资参考的文章图片夹在里面，也会写下一些给自己看的话语，她应该断断续续地记过一些日记，还有我们一起旅游归来后的一些追忆性文字，我猜想也会有一些我跟她争吵后（有几次非常激烈很伤感情），她对我的怨言甚至意欲分手的气话。我们的争吵究竟源于什么？追忆起来似乎真是"风起于青萍之末"，都属于"蝴蝶效应"，比如一件东西究竟是放在卧室衣橱里好还是搁到阳台杂物柜里好，可能就是一场大风暴的起始点，我或是正碰到文章写不顺发不畅之类的情况，自以为烦躁有理，她或是生理上恰失平衡正在难受，于是话赶话，抬硬杠，越吵越离奇，直到她气得噎哭，我才会幡然悔悟，到最后，总是我真诚地去抱着她双肩频频认罪忏悔，过一阵她似乎也确实原谅了我，但在她仙去后，这些令我痛苦的回忆越发的凸现出我性格中的劣质成分，使我意识到，从某种角度看，我实在是一个社会畸零人和家庭怪人，难为晓歌几十年终于还是宽厚地容纳了我。

我惹过多少事啊！光"舌苔事件"，试想一下，你家的电视机里播放着《新闻联播》，忽然新闻主播表情严肃到极点地告知全世界："现在播出一条刚刚收到的消息……"这条消息点了你家男主人的名，他惹了泼天大祸，被停职检查，那女主人会怎么样？那一天，我作为被点名的男主人，尽管还算镇定，心里也还是有些个发慌，而作为女主人的晓歌呢？我已经记不得她的具体表现，总之，她让我非常舒服，完全没有在外面压力上再增添哪怕一丁点儿家里的压力或抑郁……凡遇大事她总如此，她会为一样东西不该让我鲁莽地扔进阳台储物柜跟我动气，却绝没有为我在社会上惹出的祸事上给予我一句的埋怨和一丝反常的脸色——其实往往明明株连到她。

晓歌也曾偶一为之地将她隐私在笔记本里的一段文字抄录给我——尽管那时我已经使用电脑处理文字，她却始终还使用纸笔——表示愿意公开,我读了后一字未动地代她投给了《羊城晚报》,而他们也就原封未动地在《花地》副刊上刊出。那是晓歌在1997年和我一起应日本基金会邀请访问日本后,在1998年写成的。我将其录入了电脑,现在引用在下面:

宫岛的鹿
吕晓歌

去秋,我随先生前往日本访问。去濑户内海的游览胜地——宫岛那天,太阳躲在灰暗的云层里,散落着细细的雨丝。我们乘游轮抵达宫岛,进入游览区宽敞的售票大厅。鹿!几只小鹿!我一时惊喜万分!这之前,陪同的翻译山根小姐虽已向我们介绍过宫岛上有许多鹿,但如此地开门见山是不曾预料到的。几只鹿正徘徊在过往的游人间,那温和的目光像是在期待着什么,还有几只鸽子在鹿的脚边觅食。我感到很惊讶,原来人与动物能这般地互不干扰,这般地和谐么?这时我发现有一只鹿正从果皮箱口处拽出一张纸片在咀嚼着,它们一定是饿了。我自幼喜爱动物,那鹿饥饿的样子,令我心中不忍,于是赶忙走到大厅一角的小卖部用了300日元购得一包饼干,走过去给那几只鹿喂食,一片片递到它们口中。开始我有些紧张,虽然知道鹿是以植物为食且性格温顺的反刍类动物,但如此没有阻隔地与它们接触,却是有生以来第一次。但我很快就发现它们灵巧得很,在接受食物时,叼食准确却又对人秋毫无犯。我坦然喂食,倏地不知从哪里一下子冒出来十几只大大小小的鹿,它们闻风而来,将我紧紧围住,争着获取我手中的食物。我这才有些惶恐,担心招架不住它们,但更多占据心灵的仍是快乐,那无以伦比的快乐!我将手中最后一块饼干投给了一只只及人膝盖高的小鹿,然后向它们挥挥手,对不起,山根小姐在等待我们上路了。

进入宫岛内,展现在我们面前的是一幅十分壮观秀美的"浮世绘":蔚蓝色的大海环抱着郁郁葱葱高达530米的弥山,山上分布着多个天然公园,那里有浓荫蔽日的原始森林,有四季盛开的鲜花、碧青的草、翠绿的松和多彩的秋叶,其间掩映着大大小小体现着日本独特风格的宗教建筑——神社、寺院和茶室,真是如诗如画的人间仙境。我与先生都已到了知天命的年龄,自然放弃了登山,由山根小姐指引,漫步在山脚下一条蜿蜒的小路上。这时你会发现所经之处与目光所及的地方,路旁、树下、溪边、山坡上、草丛中……时时可见到那俏丽多姿的鹿影。它们是这岛上放养的小型鹿，体态轻盈玲珑，最大的不超过人的胸，通体浅棕色，背上带有白色的斑点。天公奇妙地赋予了这些生灵们华美的盛装，雄鹿头上都伸展着一对丰硕的叉角，它们都有一双温静如水的眼睛，一副安安然然的体态，它们以生命的美丽点缀着大自然的山山水水，也给游人带来无尽的欢趣。

原来这岛上出售一种专为游人提供喂鹿的食物，只要50日元一包，打开看里面是一些面包干，我买了几包一路上投喂它们，当时心想：假如身边有一群孩子，我定会让他们人手一份，使他们从小懂得要关爱这些大自然的生灵。

不觉中，我们步入了一条热闹的商业小街，街两旁充满了出售琳琅满目的旅游纪念品的摊档小店，及具有地方风味的餐厅、茶室，就在这条人来客往、熙熙攘攘的小街上，鹿仍然可以畅通无阻，不见有人驱赶它们，而它们也十分守规矩，尽管那些店铺的大门都是敞开的，它们并不贸然如内。有的鹿像嘴馋的小孩，一路上跟着我们要吃的，久久不肯离去，个别顽皮的还将头碰碰你。先生是个谨慎从事的人，他一边挥动着雨伞企图阻止前来"冒犯"的小鹿，一边说："当心啊！它们毕竟是兽，是缺乏理性的！"他的忠告也许是对的，但我却不以为然，狼食小孩的故事虽由来已久，但那却是久远的事了，现代人将地球上的动物都快杀光吃尽了，却还大言不惭地声言人是理性的，细想起来，人生在世所受的种种伤害，有多少是来自缺乏理性的动物呢？

一阵急促的雨点落下，我们顺势进入一家茶店坐下来休息品茶。山根小姐说："前些时，曾有人嫌宫岛上的鹿日益增多，提出要予以裁减，但遭到热爱动物人士的坚决抵制，"她边说边巡视着窗外，"不过今天显然比以往看到的鹿少多了。"啊？！我感到浑身一阵发紧，继而，山根小姐转过身与正在忙碌的女老板对话，然后对我们说，"问过了，鹿一只都不少，今天因为是雨天，它们大都在山里没有出来。"听了她的解释，我一颗悬起的心才慢慢地平复下来。我手捧着碧绿、清香的日本煎茶，心中默念着："宫岛的鹿，祝你们永远平安！"

在离开宫岛前，我精心选购了一对木制的、上面有着精美鹿影的壁挂带回北京，将这段记忆永存。

和我一起重读这篇文章后，儿子说：其实妈妈写得比你好，这才真是文如其人啊！

是的，直到她仙去的前一天，晚饭后她还提着小纸袋去给楼区里的流浪猫送猫粮和干净的饮水。这个蔚蓝色的纸袋以及里面剩余的猫饼干和水瓶，我们现在搁在她遗像下。

但我和儿子都还不忍去触动她床头柜抽屉里的那些包括大小不一的笔记本等遗物。我们也许会永远保留,却并不翻阅。

四

我自己一直保留着一些从13岁以来的大小不一的笔记本。从婚前一直保留到婚后。其间由于种种原因丢失损毁了一些,加上旧书信旧照片,现在也还足可填满书柜的一格。除旧照片不算隐私早已公开外,其余的东西晓歌从不曾过问,我也一直没有拿给她看过。

2008年,我曾想把一个1955年的读书笔记本拿给她看,跟她预告过,她也表示有兴趣,但因为种种原因,未能实现这项交流。

那是我现存最早的一个笔记本。是13岁时候的东西。

笔记本很小,长15厘米,宽10.5厘米大小,厚约1厘米,并没有写满。里面粘贴了一些从报纸上剪下的作家像,有鲁迅、普希金、海涅、雨果、塞万提斯、惠特曼、聂鲁达……

那时候我读到些什么?喜欢什么?

自然,第一页上我就恭楷抄录了苏联作家尼·奥斯特洛夫斯基的名言:"人最宝贵的就是生命……人的一生应该这样来度过：……献给世界上最壮丽的事业——为人类的解放而斗争。"

接下去是俄罗斯作家安·契诃夫的话："人的一切都应该是美丽的：面貌，衣裳，心灵，思想。"

我抄录了不少诗，其中有雨果的《啊，太阳》："啊，太阳，神明的面孔／山沟里的野花／听得见音波的山涧／细草丛中飘荡着芬芳／啊，树林里四处逼人的荆棘……"也有中国那时候儿童文学作家田地的《家乡》："一条小路沿着山脚与河岸／弯弯曲曲又细又长／就是天天走这条小路也不厌烦／因为没有比家乡更好的夏天／可以在大枫树下乘风凉／再没有比家乡更好的月亮／可以在打谷场上捉迷藏……"

我被苏联一位并不怎么著名的作家奥·哈夫金写的，反映贝加尔湖地区中学生在卫国战争中英勇牺牲的长篇小说《永远在一起》感动得不行，并写下颇长的读后感，还抄录了书中的片断。我喜欢安徒生童话，对许多篇都写了读后感，但对王尔德的《快乐王子集》（巴金译）我这样写道："前面有的故事说明不要自私，更不要虚荣，反映出那个时候社会的不公平，还有'哲学其实是一团肮脏无人道的东西'……但倒数第二个故事我还不大明白，总的来说这本书不大使我满意……"

我前后提到的书计有（不按时代地区分类只按出现顺序）：《杨柳树和人行道》（苏联华希列夫斯卡娅）《鼓手的命运》（苏联盖达尔）《古丽亚的道路》《卓娅和舒拉的故事》（均为苏联英雄传记）《猪的歌》（日本左翼作家高仓辉的小说）《铁门中》（周立波）《真正的人》（苏联波列伏依）《绿野仙踪》（美国法兰克·鲍姆写的长篇童话）《斯巴达克》（未记下究竟是哪个版本）《太阳照在桑干河上》（丁玲）《李有才板话》（赵树理）《腐蚀》（茅盾）《红色保险箱》（苏联反特小说）《草叶集》（美国惠特曼诗集，楚图南译）《儒林外史》（清朝吴敬梓）《洋葱头历险记》（意大利儿童文学作家罗大里的长篇童话）……

我想给晓歌翻看这个笔记本，除了打算引发出我们也许有过的相同或不同的阅读记忆，找到我们之所以能走到一起并持续相伴的心灵密码，也是因为在这个小小的笔记本里，还夹着几张压平的糖果包装纸——我们少年时代都攒过糖纸；还有我从杂志上剪下来的彩色的小白兔扶着猎枪叉着腰的画像——那时候根据苏联作家米哈尔科夫创作的童话《骄傲的小白兔》拍摄的电影《小白兔》热映颇久，那"提倡集体主义反对个人主义"的主题在课堂上老师反复向我们讲述过，也让我们写过相应的作文……见到这些东西晓歌一定会莞尔……

但是,我有绝对独家的东西让她观看,那体现出我在13岁时确实已经有着鲜明的个性,而这个性中具有优美的成分,就凭这个,晓歌后来跟我的结合应是无悔的……

那是夹在这个笔记本里的一幅钢笔画。不是临摹别人的作品。是我自己想象出来独立完成的。它画在一张薄薄的片艳纸上。那个时代我们做数学作业都使用那样的纸张。一张16开的片艳纸,对裁再对裁,成为64开的一小张,就在那上面,我画了两个姑娘,站到一个有矮矮的栅栏的悬崖上,朝前面开阔的田野和河流眺望,高一点的姑娘梳着两条长辫子,似乎在指着前方说:"那边多美呀!"矮一点的小姑娘短辫上扎着蝴蝶结,提着个小篮子,朝美好的那边望去……

我想让晓歌看这幅我13岁时候画出来的钢笔画。画出这幅画15年后,我们相遇并且结婚,过了一年我们有了宁馨儿远远……

我们经历过那么多风雨坎坷,我们也有过那么多甜蜜欢乐。"那边多美呀!""那边"原来只意味着生活中尚未来临的时日,现在,晓歌仙去了,也就意味着一定有着某种生命的彼岸,晓歌先一步,我也会最终抵达……我们会在神秘的"那边"重逢,那边肯定是美好的!

"那边多美呀！"（刘心武1955年的钢笔画）

我已经把这幅画复制放大，挂在我们的卧室里。晓歌，你再回来时，我又会感觉到窸窸窣窣的声响，那一定是你在一边梳头一边欣赏这幅图画。

2009年5月15日下午至晚上一气呵成

换季诗

夜深人静，在电脑上敲完一段文字，疲倦如同水浸般透过全身，于是去卧室睡觉。这才发现，被子已经换成厚的了。

睡在洁净温暖的被子里，只觉得一丝丝秋野的馨香，氤氲在鼻息中。

这才意识到，老伴又忙活了一天——进行换季的安排。清洗干净、晾晒完毕的薄衣，叠起放入衣柜深处，又将深秋冬季要穿的衣服，一一晒过，再挂在衣柜外层成为一排。还有鞋子的倒换，凉鞋一一擦拭干净，用报纸裹好，放到床底大抽屉里，换出那里面仲春时藏入的厚鞋，先放到阳台上过风。最麻烦的是床上用品的倒换，薄被子的被套要安排清洗、晾晒和保存，厚被子和薄被子的被瓤则都要晾晒一番后，薄收厚用；被子的被套呢，她晾晒最下工夫，她自己最喜欢阳光的气息，因此提前许多天，等秋阳最旺的时候，里外两面倒换着晒得透透的，她说在雪白的被窝里，满是阳光的气息，会有串串美丽的梦境。她知道我最喜欢田野的气

刘心武与妻子吕晓歌

息,所以我的被套,她是前些时特意带到乡间书房,在爬满青藤的窗外,在柳树和柿子树之间系上绳子,迎着晚玉米大田的来风,晒出特殊风味来的。

自己总觉得,作为一个退休金领取者,还能写作,还能出书,挺不错的。但往往也就在忙活自己那些个事情时,忽略了老伴的创造性劳动。

每年两次,她以多病瘦弱之躯,在我们家里,完成换季的劳作。虽然有保姆小杨的协助,但其中的大量工程,是她不舍得让别人代劳的。我知道，她是把那一系列琐碎的劳务，当作写诗来进行的。

而今年的换季诗，还没有写完。

第二天，我有意识暂且搁下自己的写作，问她，我能帮些什么忙？她笑了，表扬了我，命令说：你把那衣柜顶上的箱子搬下来吧！我脸上有些发热。那本应该是不待她说，我自己就该主动去做的。当然，我不去搬，她或许会求得小杨的帮助，但小杨其实已经不小，来时是个少女，现在已经是有丈夫儿子的少妇，发了福，登高取物已经不那么灵便。小杨闻声从厨房里跑出，抢着要搬那箱子，我和老伴都笑说我们自己也该动动，我搬下了那箱子，又主动擦拭掉那箱盖上的灰尘。

那是装儿子东西的箱子。儿子已经娶媳妇，买房买车另过。当然，我们这边还保留着儿子的床铺。还要给儿子的床铺实行换季安排。也还要略备几件儿子来时可供穿用的衣服。这是老伴最后的一首换季诗。儿子从小就喜欢熊。连小杨都笑说他是属熊的。厚被瓤早给儿子晒蓬松了，老伴找出有许多小熊图案的被套来，让我帮她拿到阳台上去晾晒。儿子在许多方面跟我不同，比如喝茶，我最喜欢喝绿茶，最不喜欢花茶的那股气息，儿子却只喜欢喝香片。我欠起脚协助老伴晾晒儿子的被套,她一再地让我"往南一点",我开头不明白,后来一眼瞥见南边窗台上的那盆茉莉花,恍然大悟——她是想让那被套多吸收些茉莉的香气。

我在电脑上敲出了一些文字。谈论的是我自以为很重大的事情。老伴的换季诗,在这个有许多重大事物的世界里,是否太渺小、太卑微?

有点累,且小休息一下。见老伴在衣柜前,手里捧着儿子的几件衣服,望着里面,发愣呢。轻轻走到她身后,一下子明白了。她望着的那一格,原来是专放儿子衣服的,现在空旷了许多。老伴没有发现我,我却发现她眼角溢出了泪滴。我轻轻走开。

儿子儿媳妇很恩爱,小两口对我们很孝顺。老伴的换季诗里有色彩,有图案,有气息,有音韵,有浓酽的欣慰,却也有微妙的泪水……谁能说这样的诗句,在人类生存的大义之外呢?

杉板桥无故事

提起成都,我首先想起的是杉板桥。一般说普通话的会把"杉"发音为"山",但是在成都这个地名要读成"沙板桥"。顾名思义,那里应该曾有座用杉木板搭成的桥。

有人可能会发问了:你在不止一篇文章里说,你出生在成都的育婴堂街,育婴堂就是养生堂,这甚至是你从秦可卿入手,揭秘《红楼梦》的一个私密的心理契机,按说一提起成都,应该首先想起育婴堂街才对哇?那我就要告诉你,母亲在那育婴堂街生下我不久,就把我和兄姊带回安岳县老家躲日本飞机轰炸去了,从此再没到育婴堂街居住过,因此,关于育婴堂街,在我的生命记忆库里,并没有什么实际的影像,那只不过是个神秘的概念罢了。2006年我64岁时才找到育婴堂街,街名依旧,却完全没有半个世纪前的任何遗痕,怀旧的思绪,也就无可依托。

成都有杜甫草堂,有武侯祠、望江楼、青羊宫……那些空间风景美丽,生发出无数的故事,杉板桥是否风光旖旎、有美丽的传说呢?我40年前第一次去那里,到前三年去那里,那个空间变化很大,从狭窄的小马路,开拓成了六车道的宽马路,但是,从来不是成都的观光区,我甚至去跟当地的老居民打听过,有没有什么著名的历史事件发生在那里?有没有什么比如说追求自由恋爱婚姻的凄美悲剧,或者月夜书生遇到白发长髯的仙人传授秘籍,又或者狐仙狼魅千奇百怪的喜剧、闹剧以杉板桥为背景被世代口头传授过?他们都摇头。

成都东郊的杉板桥,是个没有故事的地方。

然而于我,杉板桥是个亲切的空间。我的二哥二嫂一家,在那里居住逾半个世纪。二哥,在我们家族天伦里,是个枢纽性人物。

我1993年出版的长篇小说《四牌楼》,其写作过程,与钻研《红楼梦》而且开始发表研红文字,是同步进行的。向曹雪芹"偷艺",我的《四牌楼》,也采取了"真事隐,假语存"的手法,书里的蒋氏家族,出场的诸多人物,大体与我们刘氏家族对应,之所以化刘为蒋,是因为我祖母一系姓蒋,这样地"隐真托假",心理上觉得不算"离谱"。读过《四牌楼》的一些朋友,乃至我不认识,只是从网上见到反应的读者,多对其中一些人物留有印象,发出议论的,如定居美国的李黎，她本身也是小说家，前些时还跟我说，从她家书架上取下《四牌楼》，重读其中那段情节：书里的蒋家父母"文革"被抄家，其女儿保存在父母家中的青春期日记，也被抄走，那有着许多青春爱情隐私的文字，竟被抄家的"造反派"逐句检索，看其中是否有"反动言论"，后来"文革"结束，落实政策，将那日记发还，那日记主人，被书中"我"称为"阿姐"的，发出凄厉的惨笑……这让李黎感到极为震撼。书中"阿姐"有惊心动魄的故事，"小哥"也有，他那大学时一起登台唱京剧的好友，"文革"中不堪凌辱，最后在武汉长江大桥跳江，"小哥"悲痛欲绝……有网友称读了那一段"心潮难平"。书中"我"和那"蓝夜叉"的故事，被法国汉学家戴鹤白选出译成了法文出了单行本，也是很富故事性的。但书里所写的"二哥"，艺术形象相比较却是苍白的，无故事，太平淡，而这个书里角色的原型，就是我家实际存在的二哥。

二哥无故事。

难道，文字，只是用来铺陈故事的吗？难道，阅读，只是为了获得跌宕起伏的情节快感吗？在《你在东四第几条？》那篇里，我讲述了一个人一个家族带有传奇性的经历,那么,在这篇里,我要写的不是悬念,不是奇突,而是那些至今温暖着我的生命的普通与平淡,那一种琐屑而重复着的生存常态,那是最值得珍惜,最应该延续的啊!

我马上忍不住要写出水豆豉的气息。许多人熟悉那种黑色的完全固态的豆豉,而不知道什么是水豆豉。那是成都人喜欢的一种食品,它是金黄色的,以黄豆为原料煮透发酵制成,成品的水豆豉大都已裂分为单瓣,在滑润的浆液里,伴随着比豆豉瓣小许多的辣椒片、蒜渣,发散出一种特殊的味道。热带水果里不是有榴莲吗?有人形容它闻起来是臭的,吃起来却香甜无比;那么我要说,水豆豉的气息有人会觉得不雅,但若喂一勺到他嘴里,多半在咀嚼吞咽后,要求再多吃几勺。水豆豉在我的童年时代,母亲制作出一大罐,我们会当作类似果酱一样的零食吃,当然,用水豆豉拌米饭、佐面条,也很合适,有时候就不必再准备别的菜来下饭了。

1971年暑假,我和怀孕的妻子,很艰难地从北京来到成都,为的是再从成都,去往安岳县看望被遣散到那里的父母。二哥家是我们在成都的唯一落脚点。二哥二嫂在1968年结婚,二嫂所在的抗菌素工业研究所早在1965年就从上海迁到了成都,选址就在杉板桥。二哥原在北京轻工业设计院,为了避免两地分居,就调到成都进入二嫂他们那个所工作,开始连独立的宿舍都没有，后来终于分到了简易楼里一个小小的单元，他们就在那里生儿育女。记得那宿舍虽然属于杉板桥地区，却还有一个更小的地名，是麻石桥。印象里1971年的时候，那里确乎有条小河，河上确实有用麻石，即粗糙的石料，铺砌的一个简易的桥

1947年与二哥刘心人在重庆

梁，也问过，更没有故事。那河下的水，蜿蜒地流淌，再往东，就是杉板桥，再往下游，可能就是跳蹬河，最后是否流进了锦江？锦江就有故事了，至少锦江饭店有故事，但那就跟我要回忆的空间没有关系了。

1971年暑假的成都行，说实在的，在二哥二嫂他们那个小小的空间以外，感受到的只是混乱、惊恐、闷热、不便，但是，当我们从破旧阴暗的火车站，转乘几趟拥挤不堪的公共汽车，终于找到杉板桥街口的麻石桥，进入他们居住的宿舍区时，心里不那么发紧了。记得当时街边栽种着梧桐树，路边有泛着腐臭气息的小水沟，沿着沟边匍匐着妻子不认得，

而我能在昏暗的光线下辨认出的藤藤菜（现在多称空心菜），那应该是当地农民种的；我们按着楼号门牌，找到了二哥家，二哥把我们迎进屋，立即就有水豆豉的气息袭来，对我来说，无比亲切，对我妻子来说，后来她跟我坦白，颇感刺鼻。那时供电不足，电压不稳定，有时还会停电，二哥他们屋里光线很晦暗，但是跟着就响起二嫂亲热的招呼声，她从厨房捧出一大钵水豆豉，说是专为我们制作的，自家还没有吃，先让我们尝新。那时他们的女儿才三岁，儿子则刚满百日不久，还在襁褓里不时啼哭。他们当时那个红砖砌的简易楼，显得单薄、粗糙，但是分给他们的毕竟有两个居室，有自己的厨房和厕所，我们在那里安顿下来，觉得不啻是一种享受。也确实是享受，伴随着水豆豉刺激起的食欲，我连吃两碗饭，妻子也很快接受了那闻起来怪怪的成都食品。而水豆豉里所包含的，是浓酽的亲情。正是这种亲情，支撑着我们这个家族的成员，穿越了那些充满狂热、躁动、仇恨、暴力的岁月。

二哥是维系家族亲情的关键人物。

父亲所在的张家口解放军外语学院，经过惨烈的武斗以后，近乎解体，教职员工后来一律用闷罐子车运到湖北襄樊的"五七干校"，又在那里进行了梳篦刮头似的"清理阶级队伍"，父亲被批斗，最后也实在给他戴不上什么敌我矛盾的帽子,就保留他的工资待遇(那倒不低,他是行政12级,据说13级以上就都算"高干"呢),将他遣返回原籍安岳,还不是在县城里面,是在一个僻远的镇子上,递解他的人员,带着父亲和母亲到了成都,允许二哥跟他们见面,二哥就提出跟着他们到那个镇子去,帮助年过花甲的父母安家,到了安岳县城,二哥就跟递解人员说,母亲当年,在安岳温家巷购有一个小院,如今里面住的几家非亲即友,应该可以腾出两间屋子给他们使用,这样比安插到交通更不便的镇子上,生活总归方便一点。经过二哥的努力,递解人员和安岳县方面也就同意我们父母就留在温家巷居住。二哥重亲情,孝顺父母,善待弟妹,他特别继承了母亲的那份温和、沉静的性格,他出面办事,因为总是绝不冲动,能够以柔克刚,也就往往能将事情按尽量好的方面去发展、落实。

父母在安岳温家巷住下后,倍感寂寞,尤其父亲,对现实不理解,又无处无人可以一起讨论,镇日郁郁不乐,母亲毕竟还要张罗每日三餐,生活倒显得还算充实。因此,1974年,我又从北京经由成都去往安岳看望二老,那时除了妻子,还有两岁多的儿子随行。记得那年从成都开往安岳的长途汽车,还是带"大鼻子"的那种,现在某些表现旧时代的影视里,会出现那种老式的木窗框汽车。那时候多数人都有营养不良的问题，瘦子多胖子少，但掌握"听诊器、方向盘"的人士还是比较吃香的，那天开车往安岳的司机就比一车人都胖，上车的纷纷给他送些东西，我坐在他旁边，也送了他两个北京带来的苹果，他接过去也不说"谢谢"；那时候汽车上的窗玻璃差不多都砸碎了，方向盘上头吊着个木牌，上头写着"禁止吸烟"，但那司机开车前的第一件事就是把烟斗衔在嘴里，点燃，车子上路后，不断地吞云吐雾；我想到自己一家三口都在车上，不免有些担忧，特别是车子开上盘山道时，整个车体嘎啦嘎啦响，我逮个机会问司机："师傅，这路好险，不会出问题吧？"他漫不经心地回答我："啷个不出问题？前天还翻下一车人去！"他用烟斗一指，哇，右边悬崖下，那翻下解体的车身还在那里被骄阳晒着……探望完父母，又到二哥家小住几日，把种种见闻讲给他，也包括那司机的表现，二哥说："倒是个很好的素材，如果拍电影，这个细节可以用上。"我又告诉他，在安岳县城，我去理发馆理发，那里有怎样的一种风扇呢？就是用许多把葵扇，缝合成一面墙那么大的一个扇体，然后以滑轮、绳索，连到理发椅背后的椅子腿旁，理发师傅一边给人理发，一边可以用脚踩动机关，使那一面墙的大扇子扇出凉风……二哥就说："怎么没有电影导演运用这个场景呢？太有味道了啊！"

二哥自己无故事,但是他知道许多故事,特别是电影故事。他这一辈子有个始终未能实现的梦想,就是当一个电影导演。他的童年时期,父亲在广西梧州海关当职员,每个周末,必带大哥和他去电影院看电影,大哥淘气,另有爱好,往往还借故不去,二哥是忠实的小观众,管是什么电影,都看得津津有味。他记得那时期看到过许多卓别林、基顿演的美国无声片,还有最早一版的《金刚》,国产片里,父亲喜欢胡蝶,凡她演的电影必带二哥去看,胡蝶在《姊妹花》里一人分饰贫富迥异的姐妹二人,那时二哥虽小,也过目不忘。梧州时期的电影,全是无声片,后来父亲调任重庆海关,全家随往,先是住在城里,周末就带子女看电影,那时有声片取代了无声片,而且美国电影很多,没有配音译制,是在银幕一侧,竖立一道窄幕,用幻灯打出竖写的自右往左换行的中文对话,据说请来翻译的,是些大学里的教授,译得一般都比较准确,但有时不免失之于文绉绉,如"君试思之,此举毋乃孟浪乎?"美国好莱坞那一时期拍出的电影,凡运到重庆放映的,二哥几乎全都看过,如今还能一一道出片名、情节及那些当年的明星名字。再后来,就进入抗战时期,头两年,全家还在重庆,电影看得少了,那时候会去看一个长江歌舞团的演出,那个歌舞团是模仿上海的明月歌舞团的,团员多为小女孩,穿短裙、长筒袜,留"妹妹头",再扎个大蝴蝶结,一群出来,右手搭别人左肩,左腿一齐朝右踢出去,咿咿呀呀地唱什么"我听得人家说,说什么?桃花江是美人窝,桃花千万朵,比不上美人多……"但也会唱"我的家在东北松花江上"或"万里长城万里长,长城内外是家乡",更有《义勇军进行曲》和"我们在太行山上"。那时候国共合作,一般庶民不觉得国共的词曲作者有多大区别,反正唱抗日的歌曲就都很兴奋,二哥曾有一册歌本叫《叱咤风云录》,每首都是抗战主题,他首首都唱过。再后来,进入抗战最艰难的相持阶段,父亲坚守重庆,母亲带着孩子们先到成都再到安岳乡下躲避日机轰炸,自然也就无电影演出可看了。抗战胜利后,母亲带着子女回到重庆与父亲团聚,这时家从城里搬到了南岸狮子山,也就是我在《雾锁南岸》里写的那处空间。那时虽然大哥、二哥、小哥、阿姐因学业及其他原因不常在南岸家中住,但一旦放假聚齐,一家人还是有许多的文娱活动,如全家进城去看上海迁渝的厉家班的京剧演出,去看电影,如战后好评如潮的国产电影《一江春水向东流》《八千里路云和月》等;也有时候就在南岸家里,父亲、二哥轮流操琴,小哥唱梅派青衣《生死恨》的唱段,阿姐则仿孟小冬唱"八月十五月光明呀呃哦……"我那时会在大人们膝下胡乱比划。

是的,我家属于小资产阶级,家里充溢着如此这般的小资情调。这一阶级的文艺家和作品,以我的见识,早的,如苏曼殊、李叔同,稍晚的,如王鲁彦、丰子恺,瞎子阿炳就经济状况应该算无产阶级吧,但他那曲《二泉映月》,跟李叔同填词的《送别》:"长亭外,古道边,芳草碧连天;晚风拂柳笛声残,夕阳山外山……"跟丰子恺的漫画《人散后,一钩新月天如水》,那情调,都是相通的,就是虽然拒恶,但"不以暴力抗恶",而只是痴痴地坚守良知、良心、良能、良善。其实早在20世纪30年代初就有过电影《天伦》,有过《天伦歌》,弘扬中国传统文化中"老吾老,以及人之老;幼吾幼,以及人之幼"的伦理道德境界,用现代白话来说,就是"把对个人的爱推及于人类"。那《天伦歌》以柔曼的曲调唱出:"白云悠悠,江水东流……浩浩江水,皑皑白云,庄严宇宙亘古存,大同博爱,共享天伦!"

小资产阶级,他们的生活,他们的情调,是脆弱的,特别是在社会大动荡、大变革、大转型的时期,常为主流挤压排斥、强行改造,自身也容易因外界诱因而父子反目、兄弟阋墙,或因政治而决裂,或因财产而分崩。我家作为小资产阶级中的一个社会细胞,却能穿越百年的社会震荡,难得地维系着温情，未见癌变，确属不易。而二哥，是坚守传统孝悌之道的典范。阿姐早年在哈尔滨东北农学院上学，读完本科又读研究生，二哥当时在吉林开山屯造纸厂，先是技术员，后来是车间主任、工程师，薪水并不高，却坚持月月给阿姐汇去生活费。1976年10月"四人帮"被捕，社会开始转型，我在1977年因发表了短篇小说《班主任》而出了名，进入1978年，就在这全家都能好起来的情势下，大哥先在广州因癌症不治逝世，父亲不久又突发脑溢血在安岳溘然撒手人寰，大悲痛袭来，我却未能赶回安岳治丧，小哥和阿姐也未能去，只有二哥，从成都匆匆赶往安岳，操办父亲后事，将母亲接到成都赡养。后来他又只身将父亲骨灰带回刘家可追溯的最早祖居地，龙台场高石梯，起坟安葬。后来小哥又从湖南设法调到成都一所大学任教，与二哥汇齐在成都。母亲辗转在北京我家、阿姐家和成都小哥家居住过，最后还是回到二哥家。母亲去世，二哥依然是操办后事的主力。父母留下的现金，以及遵母嘱将安岳老房卖掉后所获，加在一起，二哥跟小哥、阿姐、我均分，我们弟妹全表示二哥二嫂应多分一些，最后二哥也就略多分了点。没了父母，没了大哥，二哥也就是长兄了，所谓"长兄如父"，一点不假。2008年，小哥在医院动一个大手术，出了医疗事故，本来不该就走的,却在术后出现心力衰竭,他在临终前一直念叨:"我要见哥哥,我二哥……"他老伴非常理解,见二哥就等于见父母,跟家族告别,二哥赶到他床前,握住他手,他含笑仙去。2011年二哥二嫂来北京跟我和阿姐欢聚,我的一个表姐和她的两个女儿也来了,大家议论中都不尽感叹:现在的"80后""90后",还懂得手足情么?电视上报纸上,那些一家人为争房产、争拆迁款,甚至只是争公租房的承租权,而撕破脸、斩亲情的报道,看下来真不禁要感叹人伦浇漓,还有多少人记得并看重"天伦笃睦"的古训呢?我家二哥无故事,然而如此这般无故事,只是默默、殷殷地维系着天伦心线的二哥,对于当下的社会来说,不是越多越好吗?

二哥的一生,应该说还是顺遂的。他英语自学成材,而且以造纸专业为核心,辐射出去的相关化工医药类学科知识,都能很快融通把握,因此,在"文革"后期,那时候四川已经进口美国的化肥生产设备,既能听说英语又能把握相关技术知识的人才实在难找,相关部门发现了他,就借去与美国来的工程师合作,既当翻译,也参与专业讨论。改革开放以后,所里多次派他出国参加抗菌素的国际研讨会,退休后,他被多家药厂聘为顾问,在向美国出口药坯等外贸交易中，如何通过美国的FDA申请、检查，获得批准，二哥成了这方面的一个专家。他多次去往美国、意大利、法国，最羡慕他的，是还去过南美，他在巴西里约热内卢基督山，以那著名的伸臂构成十字的耶稣雕像为背景拍的照片，一直陈列在我的书橱里，看见时我总为他高兴。尽管他有自己的专业，退而不休，但他心底里对电影的爱好，仍是那么强烈。"文革"前他就精读了乔治·萨杜尔的《电影艺术史》，也曾购买过最早一版的《中国电影发展史》，改革开放后，更购买阅读了乔治·萨杜尔的《世界电影史》和更多的电影历史、理论书籍。

二哥1950年至1960年一直在偏远的开山屯造纸厂，厂区有个电影院，他当时还担任工会的文娱干事，电影院归工会管，他学会了放映，那10年里所有在那个电影院里放映过的电影，国产片，苏联片，东欧及其他社会主义国家的片子，以及其他国家的片子，他一部不漏全看过。1960年他调到北京，到1966年上半年，我们兄弟二人每逢周末总要一起活动，或逛公园，或看电影和剧场演出。聊电影，成了我们体现兄弟情深的一大方式，其乐无穷。即使在"文革"文化专制最严厉的岁月，在我探亲来到成都杉板桥时，在他家那小小的空间里，吃完水豆豉，我们还是要聊电影。我们不管

《五·一六》通知里怎么下的断语，对国产电影，觉得好的依然叫好，比如《青春之歌》的段落节奏，《小兵张嘎》的黑白画面的唯美追求，《聂耳》里黄宗英演一女配角的功力……对于译制片我们也有共同的评价，比如《牛虻》里上官云珠为琼玛的配音，《白痴》里张瑞芳为娜斯塔霞的配音，都堪称绝。我们会议论到意大利新现实主义电影的早期代表作《偷自行车的人》和晚期绝响《她在黑暗中》，会议论到印度电影《流浪者》、东德电影《马门教授》、保加利亚电影《当我们年轻的时候》、法国电影《没有留下地址》、英国电影《哈姆雷特》（劳伦斯·奥利弗主演，孙道临配音）……听到我们兄弟二人在那边津津乐道，二嫂和我妻子在一旁不免侧目，担心我们犯政治错误。其实我们兄弟二人绝非政治动物，我们对电影的评价全在自己的艺术直觉，全凭良知良能，比如那时候《北国江南》被批判，有的人是"凡被批判的一定要暗中叫好"，我们却直到改革开放此片被平反以后，仍觉得是部失败之作。苏联解体后，我们并不以为以前所看到的表现苏联现实生活的影片都该弃之于敝屣，像《生活的一课》《没有说完的故事》《雁南飞》《莫斯科不相信眼泪》等，还应该算是上乘之作。回顾这些杉板桥小空间里的"电影龙门阵"，我就越发感觉，我那成名作《班主任》的诞生，二哥也有一份功劳,《班主任》通过青少年阅读的心态勾勒,对"文革"斩断了当下一代与之前的四种文学(《牛虻》所代表的外国文学、《辛稼轩词选》所代表的中国古典文学、《茅盾文集》所代表的中国现代文学、《青春之歌》所代表的1949年以后至1965年的当代文学)的联系,深表痛心,发出了"救救孩子"的呐喊。这创作心理的积淀,也包括我与二哥在那昏暗岁月昏暗空间里,对外国电影、中国早期电影、中国1949年以后电影的不能全盘舍弃的情愫。

改革开放以后,先是录像带,后来是光盘,大大丰富了人们的观影视野。二哥因药品出口到美国出差,他不仅胜任专业英语,更能用英语与美方人士聊电影,他对好莱坞从早期到二战后影片、导演、影星的熟悉,令美方人士大为惊叹:"你比我们一般美国人知道得还多!"10年前,在中国还买不到格里菲斯的《一个国家的诞生》《党同伐异》的光盘,在美国,那样的无声片光盘也绝非到处可得,他却踏破铁鞋地寻觅,后来终于得到,回到杉板桥家中,放映来看,觉得是人生之大乐。20世纪80年代,所里新盖出宿舍,二哥家从马路这边,迁到马路那边,仍是杉板桥,楼区大多了,也有了绿地、彩亭,分到的单元也大了,到90年代,所里又盖出高资楼,二哥二嫂均为所里资深专家,分到了更好的单

1997年与二哥在北京住宅合影

元,又迁居一次,这次的单元有两个卫生间,起居室连餐厅有40平方米,二哥先是置备了最大尺寸的背投式彩电,最近又置换成最大尺寸的液晶彩电,主要不是用来看电视节目,而是用来放映电影光盘。2012年美国奥斯卡的获奖片里,《艺术家》是向无声片致敬的,《雨果》实际上是法国电影艺术开拓者梅里爱的传记片,二哥看完跟我煲电话粥,聊卢米埃尔兄弟发明电影后最早的《火车进站》《园丁浇水》,到梅里爱固定机位拍摄的《月界旅行》,到爱森斯坦娴熟运用蒙太奇的《战舰波将金号》,到杜甫仁科的诗化电影《海之歌》……一直讨论到科波拉如何从"暴力美学"转型到《雨果》的"童心叙事"。我告诉他手头有《早安，巴比伦》的光碟，是从侧面表现格里菲斯拍摄《党同伐异》的艺术片，成都恐怕难找到，会给他寄去，他高兴地期待着。

　　成都杉板桥啊，那里有二哥一家，有维系我们家族天伦之乐的关键所在。我珍惜杉板桥。于是乎，仿佛又有一种特殊的气息袭来，啊，那是二哥二嫂联袂为到达的亲人制作臊子面！小哥在世时，去他们那儿散心，留饭时做过，我去探望，他们做过，阿姐去，他们做过，表妹们去，也做过……那臊子的制作，用成都话说，十分"婆烦"，买来上好的猪肉馅，要不惮烦地再用刀来回地剁，剁得碎碎的，剁好了，再用植物油炒，需掌握好火候，千万不能糊锅，然后适时地将已剁得极碎的笋尖丁、木耳、香菇、虾米、大头菜、葱花、火腿丁等，拌好了，倒进去，略加翻炒，果断起锅。这样制作出的臊子，拌在面里，可以想象，会形成怎样的美味！手足情，天伦乐，尽在杉板桥二哥家的臊子面的香气中，教我如何不想他！

2012年5月13日　北京绿叶居

闲为仙人扫落花

从美国波士顿来了越洋电话，是金珠姐打来的，她惊悉我小哥刘心化去世，悲叹感慨，欲说还休，欲休还说，半小时后我搁下电话，心潮难平。

金珠姐是小哥在北京大学就学期间，业余京剧社的同好，他们那个京剧社的许多成员，那期间都到我家作过客，往往是来了一起包饺子，吃完同去剧场观看著名京剧艺术家的表演，有的晚上就借宿我家，记得金珠姐就和妈妈同屋歇息过，我那时还在上中学，在他们一群熏陶下，也对京剧发生了浓厚的兴趣。

那是小哥、金珠姐他们的青春期。青春的友情是最难忘却的。青春期由同一爱好构建起的纯真情谊，是人生中永远滋润灵魂的甘露。2006年我应邀到美国哥伦比亚大学讲《红楼梦》，梅筠姐来听，讲完围上来的人很多，梅筠姐只来得及递我一张纸条，回到住处我才展读，是她留下的电话号码。我给她打去电话，她回忆和小哥在北大京剧社一起活动的情形，话匣子打开就关不住。那时候小哥还健在，她问明小哥成都宅电号码，又约我到曼哈顿上城吃饭。那天应约而去，进餐间她还是两眼放光地谈燕园京剧社，"沙场秋点兵"，唱须生的金珠姐、唱铜锤的茂堃哥、唱丑的庄鼎哥、唱花旦的大卫哥……她提起一位，我记忆里就闪现一位。回到住处，陪我与梅筠姐见面的朋友很惊异："怎么她一句也没跟你聊《红楼梦》，说的全是你小哥他们唱戏的事儿？"

梅筠姐和金珠姐从我处得知小哥宅电后，都给他打去很长的电话，小哥后来与我通电话时转告，金珠姐攻下了余（叔岩）派最难的唱段，在天津演出惊倒四座；而梅筠姐嗓音竟晚年转亮，在纽约票房开唱《生死恨》大获成功！

小哥在北大京剧社有"燕园梅兰芳"之称，这当然是带有揶揄意味的雅谑，他自知与梅大师不啻天渊之别，但他崇梅、赏梅、研梅、学梅，贯穿一生。他和金珠姐同台演出过《二堂舍子》，和茂堃哥合作过《二进宫》，和大卫哥在《大登殿》里一个演王宝钏，一个演代战公主，都留有剧照。2006年同心出版社出版了小哥刘心化著的《戏迷陶醉录》，里面有他回忆北大京剧社演出的文章，附带不少珍贵的资料照片，此书他分寄当年同好诸友后，反响强烈，也有某些当今的戏迷自购此书，随他一起陶醉。

刘心化（左）演出照

小哥在北大攻读的是俄罗斯语言文学专业，他入学不久，就遭逢了"反右"。他是一个天真的人，政治上幼稚，人家动员他大鸣大放，他觉得无话可说，学业以外，时间精力都用在了学习梅派青衣的表演上。他的入门师，是北大希腊文学翻译家研究者罗念生的夫人马宛颐。那一次政治运动北大很惨烈，他们系里一些教师学生划了右，小哥在言行上也不是没有可追究之处，比如他叹息过"他也是右派吗？真想不到啊！"又在食堂里把饭票借给挨过批斗的人，但也许是他实在过于透明，人人都知道他只不过是喜欢唱梅派青衣而已，常常可以看到他去罗教授家，在罗夫人指导下练习《宇宙锋》里的唱腔与卧鱼身段什么的，因此，直到运动结束，倒也没拿他凑数，混过一劫。毕业以后，他被分配到湖南一个县城中学教外语，在那里，他依然坚持自己的爱好。"文革"期间，梅派青衣自然唱不得了，当年京剧社的同好，有的遭到严重打击，有的竟被迫吞药自尽，小哥不理解这一切，但他到北京探亲，见到我，悄悄跟我说："不管人家给这些同过台的伙伴定下多么吓人的罪名，我对他们的感情至死不会改变！"他就是这样一个一生温情的人，他从未参与过整人，万幸的是他也没有被人专门地整治过。

改革开放以后，小哥调到成都一所大学任教，退休后他获得了欣赏京剧最佳的社会环境，我给他寄去一套从老唱片翻录的自谭鑫培、王瑶卿到20世纪60年代初京剧泰斗们的演唱资料，他高兴地说那是他百品不厌的"满汉全席"。随着年事渐高，嗓音失润，登台献演已不可能，他就潜心研究，并陆续把自己的成果交由《中国京剧》等报刊发表。万没想到的是，2008年3月，他竟因到医院动腿部手术，麻醉过度导致心力衰竭仙去，享年77岁。小哥是一位终生执著于单一爱好的人。仔细想想，一个生命能享受一种健康的嗜好直到永远,也并非易事。他现在在哪里?我想,一定是在许多成仙的京剧艺术家汇聚的天堂一隅,"翠凤毛翎扎帚叉,闲为仙人扫落花"。

2008年

姐弟读书乐

我读初中时,姐姐已经上大学了。我和父母住在北京,姐姐是在哈尔滨上大学,因此,每临近寒暑假,我就盼姐姐回家。

放假了!姐姐回家了!我真是快活得不得了!记得我学会了在墙壁上"贴饼子",就是两手撑地,把双腿往上甩,牵引身体倒竖,把一双脚落到墙壁上。姐姐刚回家,我就迫不及待地在她眼前"贴饼子",希望她发出惊叹声;可是姐姐一点也不夸赞我,还批评我用鞋底弄脏了墙。后来,我又学会了完全不用墙壁支撑身体的"竖蜻蜓"(或称"拿大顶"),姐姐一到家,我就得意地倒立着,在她眼前走来走去,姐姐也仅是淡淡地夸我两句,使我很是败兴。

可是,我还是很喜欢姐姐回北京过寒暑假。姐姐除了帮妈妈做些家务事、跟中学老同学聚会,以及用妈妈的一架老式的手摇缝纫机给自己做新衣,就是看小说。我记得,有时候,她甚至除了吃饭、睡觉,几乎一直斜躺在床上,倚着被褥枕头看小说,可以说,看得昏天黑地!我们的父母,对子女一贯很温情,尤其是对子女看书,只要看的是好书,就很纵容,比如说姐姐那么样地看小说竟看上一整天,爸爸妈妈绝不干涉,更不会催她去做什么家务事。姐姐如此这般地看小说,不跟我玩了,我当然不高兴,有时就跟她捣些乱,比如在

1954年与姐姐刘心莲在一起

她旁边发出怪声呀,假传爸爸妈妈的"圣旨",让她去做某件事呀,可是大都收效甚微,她依然津津有味地只顾读手中所捧的书,而且,她还会忽然命令我,让我给她送杯茶,或让我把她的梳子找出来递给她,以便梳一梳倚靠中搞乱了的头发,我虽嘴里嘟嘟囔囔,实际行动上,却很乐于为她服务。

姐姐读小说的嗜好,很快地,传染给了我。记得有一天,姐姐的中学同学约她出去玩,我便到她床上枕边,翻看她读的那些书,结果,好像是一本《简·爱》,意外地吸引了我,我竟趴在她的床边,一页页地读了下去,直到她玩完

了回来，我还在那里读。

那时，作为一名初中生，我原来读的，大体上是些少儿读物，如美国童话《绿野仙踪》，苏联童话《哈哈镜王国历险记》，意大利童话《洋葱头历险记》……当然更少不了安徒生童话和格林童话。除了童话和民间故事，那时我喜欢读的小说有苏联盖达尔的《铁木儿和他的伙伴》《远方》《蓝杯》《鼓手的命运》，中国古典小说《西游记》，以及那时《少年文艺》杂志上刊登的一些短篇小说。当然，也读过《钢铁是怎样炼成的》《牛虻》等少数成人读物。是姐姐，通过她的假期阅读，把我正式引入了成人读物的天地，记得那时，一般是，她先读，然后我接过去读，所读的，大体上分三类，一类是苏联长篇小说，如《远离莫斯科的地方》《茹尔宾一家》《钢与渣》《青年近卫军》《虹》等等；一类是外国古典名著，如《大卫·科波菲尔》《巴黎圣母院》《欧也妮·葛朗台》《卡斯特桥市长》《安吉堡的磨工》《贵族之家》《复活》《被侮辱与被损害的》等；一类是中国古今名著，如《红楼梦》《家》《骆驼祥子》《死水微澜》等。那时像《青春之歌》等后来风靡一时的当代长篇小说还没出现，所以我们读当代长篇小说不多。渐渐地，我们姐弟间也就读过的小说，很随意地交换些意见，当然，姐姐免不了笑我幼稚，我也免不了跟她抬杠犟嘴，但"开卷有益"，在独自默思与相对笑谈之中，也就体现出来了。

初中生读《红楼梦》《复活》这类的文学作品，是否早了一点？我个人的体验是：只要阅读动机是以渴望了解世界、人生为主，又有年长的人加以指导，初中生读这样的文学名著，并不能算过早。现在的初中生即使在寒暑假，也难有时间读"闲书"了，我以为这种局面应予改变。现在城里的初中生，绝大多数都是独生子女，但同学之间，其实也还是可以结成我和姐姐那样的"读伴"，在共同吮吸好书精华的活动中，使心灵变得丰富而美好。

草 葬

阿姐,你深夜打来电话。

阿姐,你那回从电话里告诉我,你看了电视台给我录的那个节目,我说北京是自己的故乡,抒发出那么多的感慨,你理解我的讲述,我自从8岁被父母带到北京,从此再未迁徙过,北京虽非落生地,却堪称实实在在的故乡,但是,你说,你却是一个没有故乡的人……

阿姐落生在广西梧州。父亲那时是海关的职员,每三年便要调动一次。阿姐没有留下梧州的记忆,便随调动的父亲到了重庆。刚对重庆有了模糊的印象,抗日战争爆发了,重庆时常被轰炸,父亲便让母亲带着子女先躲避到成都郊区,后来又回到偏僻的祖籍安岳县。等到抗战胜利,一家人才终于团圆在重庆。但几年后新中国成立,父亲被人民海关留用,并被调往北京海关总署任职,阿姐和我随父母到了北京。那时阿姐已上了中学,没几年就考大学,因为看了一部苏联电影《幸福生活》,被里面所展现的集体农庄的机械化场面所魅惑,积极报考农机专业,被东北农学院录取,于是去

刘心武与小哥阿姐(1952年)

了哈尔滨,在那里一直念到研究生毕业,分配到山东德州一所专科学校任教……阿姐说,一个人总得连续在一个地方住过10年,才能认那地方为故乡吧,偏这些地方她都没住满10年,都是客居暂住的性质啊。

1960年阿姐嫁到北京。我真高兴。那时虽然父母已经不在北京,有阿姐在,她的家也就是我的家啊。我以为阿姐就此长在北京了。不,最大的一场运动来了,阿姐先去他们单位设在湖北的"五七干校",在那里因重体力劳动流产,回到北京,还没养好,又随夫君下放海南岛,几年后好不容易调动到肇庆。好,最大的一场运动结束了,有机会回北京

了，那是26年前。

阿姐，你这回在北京住了26年了，难道对北京还没产生故乡的情感吗？阿姐曾跟我吐露心曲，她说，居者应有其屋，在北京，差不多有24年为住房的事情困扰。不能安居，怎能认土为乡？先是随夫君住，两个儿子越长越大，房间不够用；后来评上了副教授，可以由学院分较大住房了，偏那时夫君溘然而逝，根据学院分房的规定，是按人口计算分配面积，少一口人，就分不到大单元了，结果只是迁往了一个较好的地点，居住面积甚至比原来还略小了些。阿姐为此心情一直抑郁。两个儿子远走高飞，奔前程是大理由，居住不畅也不是小理由。阿姐十几年前就成了空巢老人。

为解阿姐寂寞，我和妻给阿姐送去一只猫咪，雪白的波斯猫，一双湛蓝的大眼睛，阿姐给他取名瑰瑰。在空巢里，阿姐抚着瑰瑰雪白的长毛，絮絮地跟他诉说了些什么？瑰瑰睁着一双湛蓝湛蓝的大眼睛，痴痴地望着阿姐，又表达了些什么？不知道。只记得，有一天阿姐来电话，说后悔得不行，在给瑰瑰洗澡的时候，实在觉得瑰瑰乖得不行，逗他玩，张开嘴巴假装要咬他那粉白的耳朵，瑰瑰也配合她一起玩耍，溅了一地的水，但乐极生悲，一不小心，竟真把瑰瑰耳朵咬了一口，顿时流出了血来，那瑰瑰竟不伸爪抓她，她把瑰瑰心疼地搂在怀里，瑰瑰只瞪圆了双眼望着她，眼神里满溢着无辜……

阿姐给瑰瑰精心治耳伤，外敷内服，一天观察数次。那回我去看望阿姐，她问我：还看得出来吗？我说实话：两耳不怎么对称了。阿姐说：为这事，我打了自己两次。

两年前，已经退休的阿姐终于享受到了高教系统的政策房，那政策就是按你的职称、工作年限等等因素减免房价，最后以很低廉的价格把房卖给你。阿姐终于带着瑰瑰去安居享福。那楼盘质量很好，整个小区设计得相当合理，绿化程度很高，配套设施也很完善。阿姐和许许多多普通人一样，并不心负沉重的历史记忆，善于在流年

2009年与阿姐欢聚

时光里咀嚼琐屑的生命乐趣。她会打电话给我，报告他们小区围栏上的蔷薇开满粉红的花朵，或甬路边的马缨花树上的丝状花那气味是一种怪香，又或告诉我中庭的喷泉在喷水，而她刚在园林中专为脚底按摩敷设的卵石道上锻炼回来……

我的两个外甥都回来看望过他们母亲。阿姐说他们能独立很好，她一个人过惯了，现在房子虽然宽敞了，也并不希望别人来一起长住，说着她又改口，说现在她跟瑰瑰两个人过得很好，别的人偶尔来看看他们，就很高兴。

阿姐半夜忽然来电话，这是从未有过的事。
她告诉我瑰瑰去了。
瑰瑰已经活过了13年，据说要乘七，才能衡量出相当于人的寿数，那么，已经是九十过头的生命了。瑰瑰算寿终正寝，是白喜事，我这样安慰阿姐。阿姐说她早有精神准备，实际上瑰瑰已经有半个多月拒绝进食了，用针管灌他牛奶，他先忍受，但你一离开，他就呕出来。瑰瑰真懂事啊，身体那么衰弱了，还总是要挣扎着，自己走到他那厕盆里去撒尿。阿姐总想让瑰瑰还像往常那样，在她床尾睡觉，给她暖脚，瑰瑰却自知身体已经有了难消的不雅气息，坚持走到客厅一角的垫子上，头朝墙壁趴着昏睡。瑰瑰在那天下午忽然走来朝阿姐喵喵叫,似乎想吃东西了,阿姐马上给他煮出以往最喜欢的鱼汤,拌了饭。瑰瑰吃了,还吃了几口从法国进口专为老龄猫生产的猫粮,又任阿姐坐在沙发上抱着他,梳了半天毛。阿姐告诉我,她很快意识到这是回光返照。夜里她一直睡不塌实。后来,大约晚上10点多,她发现瑰瑰正从睡觉的垫子上,吃力地朝她床前走来,还没等她坐起来,瑰瑰就倒下,再也起不来了……

阿姐早有准备。她为瑰瑰净了身,系上金色的小铃铛,用一大块玫瑰色的红绸将其装裹起来。但正逢溽热的夏季,即使有空调,瑰瑰的身体很快僵硬,恐怕等不到天明就会开始腐烂。儿子们或在异国或在他乡,我这个弟弟也已逾花甲,她能靠谁安排瑰瑰后事?她早已勘察好,就在她们小区最西南隅,有株罕见的古槐,树干比水桶粗,树冠极大,显然,那是园林部门登记在册的古树,早安置了一圈铁栅将其围护。从阿姐家的大阳台上,就可以望见那株古槐,而且能清楚地看出,那铁栅所围的树根部分,形成一个颇大的凹坑,坑里蹿出茂密的野生植物,大多是些叫不出名字的杂草。那里很少有人过去,也没有现成的甬路可通,走过去,必须踩过一片半野生的植被。阿姐早形成一个念头,就是瑰瑰一旦去世,就将包裹好的尸体抛进那草丛,让他静静地化解到树根下的土壤中,成为古槐的新滋养。不会有人专门跑过去观看那古槐下的茂草,更不可能有人越过那围栅到树根底下去,而她呢,却可以每天从自家阳台上,眺望那古槐茂草,与瑰瑰的精灵仍保持一份隐秘的交流。

阿姐的这个想法真不错。那晚她也就那样去实施了。本来,她并不想把草葬瑰瑰的事告诉我。

但是阿姐午夜打来电话。她把情况讲给我听。她说无法上床睡觉。她拿着手提电话,一边痴痴地望着古槐那边,一边告诉我她没把事情办妥。这些天傍晚总有阵雨,通向古槐的路径很湿很滑,到了没有路径的地方,往草丛里蹚过去时,就更举步艰难了。那一隅又没有夜灯,她跌跌绊绊终于感觉走到那古槐跟前了,就亲了一下玫瑰色绸子包裹的瑰瑰,然后拼力将其一抛。回到屋里后,她从阳台上也看不清古槐那边的景象,但她越想越觉得是没把瑰瑰抛进那铁栅里面,瑰瑰可能是被抛在铁栅外面了!野狗,甚至黄鼠狼,会不会去叼食他?天不亮,也许就有拾破烂的发现了那鲜艳的绸包,拾取打开后会是怎样的反应作何处理,不堪设想!痛苦与无奈中,只好打电话给我,希望这紧急时刻助她一臂之力!

阿姐，我70岁的阿姐，你62岁的弟弟带着手电出发了，他是地道的北京人，知道深夜怎样找到出租车，知道怎样及时赶到你那个小区，知道怎样跟守门的保安说话，知道怎样保护姐姐的私密，在谁都不惊动的前提下，帮助你完成这神圣的草葬。

阿姐，我相信，在今后某一天，你眺望那古槐时，一个念头会油然浮升你的胸臆，那就是，你的故乡，就是这个地方。

2004年7月24日写于北京温榆斋

人在胡同第几槐

58年前跟随父母来到北京,从此定居此地再无迁挪。

北京于我,缘分之中,有槐。童年在东四牌楼隆福寺附近一条胡同的四合院里居住。那大院后身,有巨槐。来北京之前,父母就一再地说,北京可是座古城。果然古,别的不说,我们那个大院的那株巨槐,仰起头,脖子酸了,还不能望全它那顶冠。树皮上不但有老爷爷脸上那样的皱纹,更鼓起若干大肚脐眼般的瘤结,我们院里4个小孩站成大字,才能将它合抱。巨槐春天着叶晚,不过一旦叶茂如伞,那就会网住好大好大一片阴凉。最喜欢它开花的时候,满树挂满一嘟噜一嘟噜白中带点嫩黄的槐花,于是,就有院里还缠着小脚的老奶奶,指挥她家孙儿,用好长好长的竹竿,去采下一筐箩新鲜的槐花,而我们一群小伙伴,就会无形中集合到他们家厨房附近,先是闻见好香好香的气息,然后,就会从那老奶奶让孙儿捧出的秫秸制成的圆形盖帘上,分食到用鸡蛋、蜂蜜、面粉和槐花烘出的槐花香饼……

父母告诉我，院里那株古槐，应该是元朝时候就有了。元朝是多少年前呀？那时不查历史课本和《新华字典》后头的附录，就不敢开口。反正是很久很久以前。但随着岁月的推移，古槐在我眼里，似乎反而矮了一些、细了一轮，不用4个伙伴合围，两个半人就能将它抱住——原来是自己和同龄人的生命，从生理发育上说，高了、粗了、大了。于是头一次有了模模糊糊的哲思：在宇宙中，做树好呢，还是做人好呢？树可以那样地长寿，默默地待在一个地方，如果把那当作幸福，似乎不如做人好，人寿虽短，却是地行仙，可以在一生里游历许多的地方，而且，人可以讲话，还可以唱歌……

果然我后来虽然一直定居北京，祖国的三山五岳也去过一些，海外的美景奇观也看到一些，开口说出了一些想说的话，哼出了一些出自心底的歌，比那巨大的古槐，生命似乎多彩多姿。但搬出那四合院了，依然会在梦里来到那巨槐之下，梦境是现实的变形，我会觉得自己在用一根长长的竹竿，吃力地举起——不是采槐花，而是采槐花谢后结出的槐豆——如果槐花意味着甜蜜，那么槐豆就意味着苦涩，过去北京胡同杂院里生活困难的人家，每到槐豆成熟，就会去采集。我的小学同学，有的就每天早上先去大机关后门锅炉房卸出的煤灰里，用一个自制的铁丝耙子扒煤核，每天晚上做完功课，就举着带铁钩的竹竿去采槐豆，而每到星期天，则会把煤粉合成煤泥，把槐豆铺开晾晒——煤泥切成一块块干燥后自家烧火取暖用，槐豆晾干后卖给药房做药材……在梦里，我费尽力气也揪不下槐豆来，而巨槐顶冠仿佛乌云，又化为火烫的铁板，朝我砸了下来，我想喊，喊不出声，想哭，哭不出调……噩梦醒来是清晨，但迷瞪中，也还懂得喟叹：生存自有艰难面，世道难免多诡谲……

院子里的槐树，可称院槐。其实更可爱的是胡同路边的槐树，可称路槐。龙生九种，种种有别。槐树也有多种，国槐虽气派，若论妩媚，则似乎略输洋槐几分。洋槐虽是外来，但与西红柿、胡萝卜、洋葱头……一样，早已是我们古人生活中的常客，谁会觉得胡琴是一种外国乐器、西服不是中国人穿的呢？洋槐开花在春天，一株大洋槐，开出的花能香满整条胡同。还有龙爪槐，多半种在四合院前院的垂花门两边，有时也会种在临街的大门旁边。

北京胡同四合院树木种类繁多，而最让我有家园之思的，是槐树。

东四牌楼（现在简称东四，一些年轻人简直不知道是什么意思，我宁愿永远不惮其烦地写出这个地方的全名）附近，现在仍保留着若干条齐整的胡同。胡同里，依然还有寿数很高的槐树，有时还会是连续很多株，甚至一大排。不要只对胡同的院墙门楼木门石墩感兴趣，树也很要紧，槐树尤其值得珍视。青年时代，就一直想画这样一幅画，胡同里的大槐树下，一架骡马大车，静静地停在那里，骡马站着打盹，车把式则铺一张凉席，睡在树阴下，车上露出些卖剩的西瓜……这画始终没画出来，现在倘若要画，大槐树依然，画面上却不该有早已禁止入城的牲口大车，而应该画上艳红的私家小轿车……

过去从空中俯瞰北京，中轴线上有"半城宫殿半城树"一说，倘若单俯瞰东四牌楼或者西四牌楼一带，则青瓦灰墙仿佛起伏的波浪，而其中团团簇簇的树冠，则仿佛绿色的风帆。这是我定居58年的古城，我的童年、少年、青年、壮年的歌哭悲欢，都融进了胡同院落，融进了槐枝槐叶槐花槐豆之中。

不过，别指望我会在这篇文章里，附和某些高人的高论——北京的胡同四合院一点都不能拆不能动，北京作为一座城市正在沉沦……城市是居住活动其中的生灵的欲望的产物，尽管每个生灵以及每个活体群落的欲望并不一致甚至有所抵牾，但其混合欲望的最大公约数，在决定着城市的改变，这改变当然包括拆旧与建新。无论如何，拆建毕竟是一种活力的体现，而一个民族在经济起飞期的亢奋、激进乃至幼稚、鲁莽，反映到城市规划与改造中，总会留下一些短期

1988年在胡同中徜徉

内难以抹平的疤痕。我坚决主张在北京旧城中尽量多划分出一些保护区,一旦纳入了保护区就要切实细致地实施保护。在这个前提下,我对非保护区的拆与建都采取具体的个案分析,该容忍的容忍,该反对的反对。发展中的北京确实有混乱与失误的一面,但北京依然是一只不沉的航空母舰,我对她的挚爱,丝毫没有动摇。

最近我用了半天时间,徜徉在北京安定门内的旧城保护区,走过许多条胡同,亲近了许多株槐树,发小打来手机,问我在哪儿?我说,你该问:岁移小鬼成翁叟,人在胡同第几槐?

大悲悯情怀

2012年我出了一本《命中相遇——刘心武话里有画》，我从自己这小小的生命，辐射开去，涉及社会上的很多方面，很多不同的生命。

我的第一个故事讲的是一个传奇女性胡兰畦。很多人可能都没有听说过她。说到另外一个人你肯定知道，这个人叫陈毅。胡兰畦和陈毅有什么样的关系？这两个人在见到以后，曾经紧紧拥抱在一起，恨不得把他们的身体熔为一团。他们当时都很年轻，在动荡的中国，坚持追求理想，他们所从事的工作不一样，还要分开。他们就发誓，三年之内，绝对不娶不嫁，三年之后如果相逢，就一定结成连理。

胡兰畦还交往过什么人呢？她和斯大林有来往；交往过高尔基，高尔基把她请到家里做客；和法国著名作家巴比塞是好朋友；她和宋庆龄、何香凝都有很深的关系，做过她们的助手。但是这样一个生命，当我跟她相遇的时候，我还是一个少年，她灰头土脸地出现在我家在北京的小院子里面，出现在我母亲面前,她那个时候沦落为"右派"了。一个人的生存是很不容易的,会经历很多的诡谲的事情,会有很多意想不到的曲折和坎坷。在她生命最沉沦的时候,我的父母接待了她。我那时候年龄很小,不懂事,但是模模糊糊感觉到,这个人到我家,是求援来了,除了想获得人间温暖,也为借钱——她连日常生活的费用都不够。而我的父母,在阶级斗争弦绷得很紧的时候,不但接待她,留她吃饭,而且还给她资助。

在这个故事后面我有这样一段话:胡兰畦在走投无路时来到我家求助,现在想来毫不奇怪,即使在最苛酷的斗争风暴里,我的父母也还能保持一份对个体生命的温情与怜惜,我认为这是我爸爸妈妈给予我的最宝贵的心灵遗产。他们也相继去世多年了,但我感谢他们,使得我即使后来在生命历程上经历很多阶级斗争的狂风骤雨,经历很多河东河西的变化,经历许多人间生死歌哭,但是我穿越了那么多的仇恨与狂暴,到现在仍然还没有丧失大悲悯的情怀,所以我这本书是悲悯之书,我希望和读者分享大悲悯的情怀。

大悲悯的第一个层次,叫做"人们到处生活"。我年纪大了以后,身体不太好,经常有助手陪着我,一起旅行,参与一些活动。我对我的助手传输这样一种观念,要懂得人们会到处生活。原来年轻人比较麻木，走在大街上，觉得来来去去移动的一些人物，跟自己没什么关系，挤得很，烦都烦死了。慢慢眼界开始发生变化，觉得这些人虽然很陌生，跟我没有关系，我们在街上交错而过，彼此的生命轨迹，可能再也不会交叉。但是，都是活泼泼的生命，都是一条命。要有这种情怀，你自己活，要懂得别人也在活。坐火车，看到车外的风景，本来很麻木，特别是经过比较荒僻的地方，突然发现半山上似乎只有一两户人家，冒出炊烟。这个时候，我的助手，突然问了一句，说：刘老师，他们到哪儿去打酱油呢？我就表扬他，说你有这样一种思维，非常宝贵。火车很快就开过去了，这个冒炊烟的人家消失了，但是心里留下了一丝人间的温情。

懂得人们到处生活，他们也在生存，都值得尊重，都值得关怀。不要变得那么冷酷，那么势利，那么功利，他能够给我什么？我用什么换取他的什么？不能总是这种想法，他对你没有好处，给不了你好处，你也很难去解决他的问题，但是要懂得人们到处生活，都需要尊重。

第二个层次也是一句很朴素的话，叫做"谁都不容易"。这个情怀一定要有，在现在这样一个比较讲功利的社会，讲利益交换的社会，人们往往会为自己着想，为自己着想比较多，当然还说得过去，有的完全为自己着想，很自私。对其他人，不要说有善意，连理解的愿望都很欠缺，总觉得世界上所有的委屈都集于自己一身，所有人都对不起自己，而别的人都没有什么道理，别人都占了便宜，就算比我混得差，某一方面比我强，我也嫉妒，我也不高兴，容易产生这样一些不好的意识。

世界上个体生命的生存总是从比较贫穷的地方向富裕的地方流动，总是希望提升自己的生活质量。不要轻易责备有

北京慕田峪长城：宏大的空间会使自我倍感渺小，要勇于维护渺小生命那不可亵渎的尊严。

些人爱钱财。只要不偷不抢，不贪腐，不做恶劣的事情，希望自己生活富裕，希望自己手里钱多一点，希望自己有一个像样的居住空间，买一套房子，都要尊重。一定要用大悲悯的情怀去包容他们。不要动辄去教训他们，批评他们，鄙视他们。扪心自问，我自己不也是这样的，总是希望今后的生活比现在更好一些。"谁都不容易"，有这样的情怀，很要紧。不同的阶层之间，不同的个体之间，就能够得到沟通，易于互相理解，互相理解了，有碰撞有摩擦，就比较容易互相谅解。世界上人这么多，大家的价值观、世界观、人生观有那么多的不同，碰撞难免，到头来，对抗、仇恨不是一个好办法，甚至不是办法。我觉得到头来和解，双方都让一步，妥协达成协议，恐怕是比较好的解决问题的办法。

那么第三个层次呢？也是很简单朴素的一句话，叫做"人是会犯错误的"。我们有时候往往揪住别人的一个错，死咬不放，一棒子打死，往往和他没有个人的仇恨，就是见不得他具体的缺点、错失、毛病。当然你可以见不得，你见不得是有道理，但是为什么要彻底否定，一棒子打死，恨不得他立刻死在你面前，你才觉得后快呢？你就没有缺点吗？你就没有犯过错误吗？你原来没有犯过错误，今后就不会出错吗？人都会出错的。这个就牵涉到比较高深的一些学术上的话题,关乎人性,关乎伦理,关乎宗教信仰。

在我们中国的古代经典里面,孔夫子的《论语》里面,就有"吾日三省吾身"这样的一种说法,不是宗教信仰的说法,但是也等于是告诉你,一个生命,不能老是盯着别人对不对,抓着别人一个错,痛痛快快地批判一顿,打倒,还要踏上一万只脚。大家想想,

刘心武田野水彩写生的恒久主题:树与林同在。

一万只脚互相踩踏,很多人在打倒一个人的过程中,一定会无辜死去,或者受伤。所以要懂得人是有错的,首先自己就可能有错。要自我反省,当然,也不要把自己完全否定,人会犯错,悔了就好,改掉就好。对别人来说,别人有错,错就是错,不要去为这个错误辩护,所谓江湖哥们义气,那不可取。但是第一要懂得人都可能出错,这次他出错了,为他惋惜。第二我们就错论错,帮他改错。但他是一个生命,不

要轻易地因为一个错把他给抹煞了,其他不错的地方,我们要予以肯定,这也是我理解的大悲悯情怀当中的一部分。

当然还可以再往上提升,再往上提升可以有更宏阔的思路,怎么为自己忏悔,怎么对别人宽容,以及怎么对社会奉献,对宇宙天地敬畏。人只能生存一次,过去的一秒钟不会再回来,你说生存容易吗?要把我们的感情弄得细腻一些,精致一些。生活当中的很多困扰,往往把我们的灵魂磨得非常的粗粝,非常的粗糙,最后导致非常的粗鄙。大悲悯情怀,能使我们获得救赎。

2010年

本色文丛·散文随笔

(柳鸣九主编　海天出版社出版)

《往事新编》许渊冲 / 著

《信步闲庭》叶廷芳 / 著

《岁月几缕丝》刘再复 / 著

《子在川上》柳鸣九 / 著

《榆斋弦音》张玲 / 著

《飞光暗度》高莽 / 著

《奇异的音乐》屠岸 / 著

《长河流月去无声》蓝英年 / 著

《青灯有味忆儿时》王春瑜 / 著

《神圣的沉静》刘心武 / 著

《纸上风雅》李国文 / 著

《母亲的针线活》何西来 / 著

《坐看云起时》邵燕祥 / 著

《花之语》肖复兴 / 著

《花朝月夕》谢冕 / 著

《无用是本心》潘向黎 / 著

本色文丛

本色文丛是我社策划的系列图书,持续组稿编辑出版。丛书力图给喜欢品味散文随笔、全民阅读与图书文化、名人日记与学术札记、海外文化的人士,提供良书与逸品。

本色文丛·散文随笔(柳鸣九主编)

《往事新编》	许渊冲著	29.00元
《信步闲庭》	叶廷芳著	29.00元
《岁月几缕丝》	刘再复著	29.00元
《子在川上》	柳鸣九著	29.00元
《榆斋弦音》	张　玲著	29.00元
《飞光暗度》	高　莽著	29.00元
《奇异的音乐》	屠　岸著	29.00元
《长河流月去无声》	蓝英年著	29.00元

《青灯有味忆儿时》	王春瑜著	28.00元
《神圣的沉静》	刘心武著	30.00元
《纸上风雅》	李国文著	30.00元
《母亲的针线活》	何西来著	28.00元
《坐看云起时》	邵燕祥著	28.00元
《花之语》	肖复兴著	30.00元
《花朝月夕》	谢 冕著	28.00元
《无用是本心》	潘向黎著	28.00元

本色文丛·日记（于晓明主编）

《读博日记》	张洪兴著	31.00元
《问学日记》	王先霈著	26.00元
《文坛风云录》	胡世宗著	29.00元
《原本是书生》	于晓明著	32.00元
《紫骝斋日记》	马 斯著	31.00元
《梦里潮音》	鲁枢元著	31.00元
《行旅纪闻》	凌鼎年著	即将出版

《微阅读》	朱晓剑著	即将出版
《从神州到世界》	张　炯著	即将出版
《丹青寄语》	崔自默著	即将出版
《文坛边上》	吴昕孺著	即将出版
《书事快心录》	自　牧著	即将出版

本色文丛·图书文化

《书香，也醉人》	朱永新著	29.00元
《纸老，书未黄》	徐　雁著	29.00元
《近楼，书更香》	彭国梁著	29.00元
《书香，少年时》	孙卫卫著	29.00元
《阅读，与经典同行》	王余光著	29.00元
《淘书·品书》	侯　军著	32.00元
《西风·瘦马》	沈东子著	32.00元
《书人·书事》	姚峥华著	28.00元
《谈笑有鸿儒》	刘申宁著	即将出版
《闲人，书生活》	胡野秋著	即将出版

《域外，好书谭》　　　郭英剑著　　　即将出版

《斯文在兹》　　　　　吴　晞著　　　即将出版

《文学赏心录》　　　　杨　义著　　　即将出版

《文学哲思录》　　　　杨　义著　　　即将出版

本色文丛·海外文化

《半岛之半：居韩一年散记》

　　　　　　　　　　　许　结著　　　30.00元

《西行漫笔：一个远足者的异国寻觅》

　　　　　　　　　　　王兰仲著　　　29.00元

《哈佛周记》（暂名）　郭英剑著　　　即将出版